四度目のうぶごえ

森 春子

ステキブックス
009

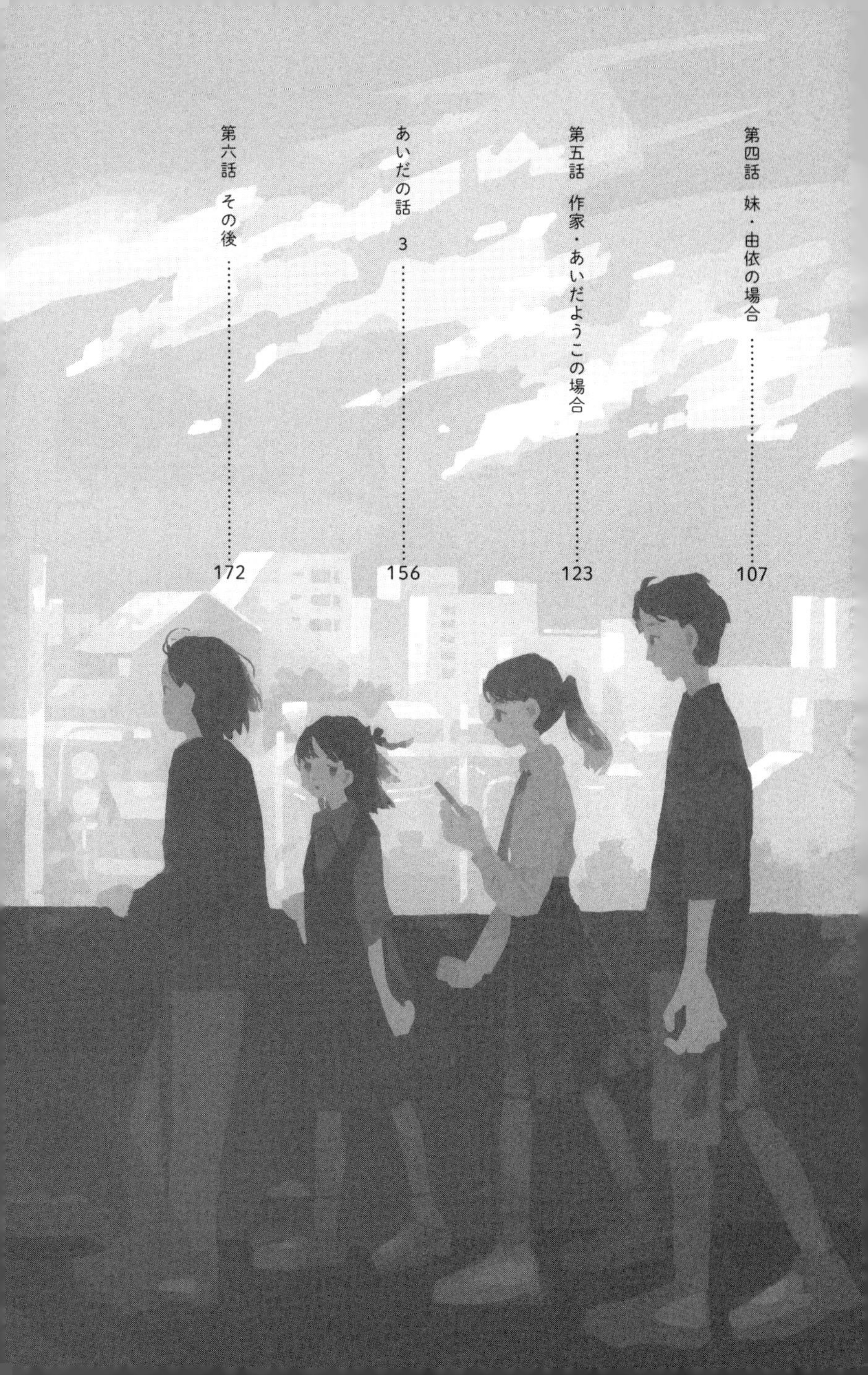

DTP＝七守　悠
装　丁＝中田舞子

第一話　母・洋子《ようこ》の場合

テレビや映画でひっきりなしに漫画の実写化がされているというのに、その言葉は全くもって寝耳に水、驚くしかない一言だった。

「ドラマ化されます」

洋子はカフェで向かいの席に座った担当編集の腕時計を盗み見た。午後二時すぎ。ちょうどまどろみたくなるタイミングだ。夏が終わろうとしている九月で、日差しの強さが和らぎ、少し涼しくなって日中も過ごしやすかった。なるほど、こんなに心地よいのだから、これは夢かしら。腕時計を見ていた目の焦点をぼやけさせると、途端に周りに誰もいないような気がした。

「……っと、ちょっと、あいださん」

怪訝そうな顔で覗き込まれて我に返った。くせっ毛の前髪の奥の目が心配そうにする。

「ちょっと今、トリップしてませんでした?」

「トリップ」

「どこかあらぬところを見てましたよ。ぼうっと」

ひそめられた眉に、あははと笑う。

「怖いこと言うなあ」

「ちょっと、怖いのはこっちですよ。大事な話なんですよ」

彼はそれからまた、力を込めて喋り始めた。普段は割と冷静沈着なタイプに見えるが、さすがにドラマ化とあれば話は別らしい。ドラマ化。

「ドラマ」

気がついたら口をついてぽつりと言葉が落ちていた。目の前の熱が動きを止めて、またこちらを見る。はっきりと告げた。

「そうです。ドラマです」

徐々に頭がクリアになってくると、次々と疑問が湧いてくる。さっきまでぼうっとしていたのが嘘のように、今度は早口に並べ立てた。

「そんなこと言われても、信じられないですよ。高橋《たかはし》くんもわかってると思うけど、わたしの作品はエッセイなんですよ。コミックエッセイ」

「はい、もちろん知ってますよ」

変なこと言うなあ、と言わんばかりのじとっとした目線を受けるが、気にせず続ける。

「実在の人物がいるのよ。フィクションじゃないのよ」

「はい」

「それって、妙じゃない？」

「はあ」

「どこかの誰かが、演じるってことでしょう？」

「西郷隆盛《さいごうたかもり》だって新撰組だってそうじゃないですか」

今度はこちらが鼻じらむ番だった。

「……西郷隆盛は生きてないし」

まあそうですけど、と高橋はなだめる。

「もちろん、その違和感はわかりますよ。けど、あいださん、誰かがそうやって声をかけてくれることって、すっごいことなんですよ。一部の作品にしか訪れない、ものすごくありがたいことなんですよ」

想像できていないなりに、その言葉には同意できた。

「それはわかってるんだけど、想像がつかなくって」

首をかしげると、彼は両腿を軽やかに打ち、

「とにかく、もちろんあいださんの嫌なようにはしませんから。具体的なことはまた、企画書が先方から上がって来たらお話しに来ます。それでですね、僕の今日のミッションはこっちなんですよ」

大きな仕事用の鞄からクリアファイルに入れられた書類を出してこちらに向けて差し出した。

「新刊企画です。ドラマ化に合わせて出しましょう」

「新刊？」

「まあ、ドラマがなくても、刊行ペース的にそろそろかなと思ってはいたんです。続き、描きましょう」

確かに、前作から約一年が経過しようとしていた。次の巻を描くときにはあれを入れよう、なんてぼんやりながらもストックして生活する癖もついている。次がないとは思っていなかったのに、いざ目の前に訪れると、毎度急に出現した巨大な山に登らねばならないような気分になる。その山は、しんどさもあるけれど、それをはるかに上回るかけがえのない充実感をもたらしてくれる。また描けるのだ。本が出せるということ以上に、それが嬉しい。

何かを噛み締めるように小刻みに頷く洋子を一瞥し、「そうと決まれば詳細ですが」と高橋は書類をめくった。

「前作が、サクくんが十二歳、モモちゃんが八歳、ユイちゃんが三歳ですよね。評判も良かったですし、だいたい直後から続きを始めましょうか。それで、どのくらいの期間の話で一冊にするかは、エピソードの数次第でもあるんで、来週くらいまでに描きたいエピソードを送ってもらえますか。箇条書きでいいので」

「わかりました」

返事をしつつ、頭の中はすでに内容のことでいっぱいだった。何を描こう。作業に向かえる実感が湧いてくると、脳内に甘いものが分泌されていくような感覚になる。自分と子どもたちのかけがえのない日々。大切な時間や言葉を紙の上に落としていく作業は、何よりも洋子を幸せにするものだった。

喫茶店を出ると、別れ際に高橋が「あ」と声を上げる。

「あいださん、ちょうど作家生活十五周年ですね。ドラマがいいお祝いになりそうで嬉しいです」

爽やかな嘘のない笑顔だった。高橋は嫌味がないのがいいところだ。その実直さがなかったら、自分は今頃もっと偏屈な作家になっていたかもしれない。

「もちろん、お祝い会もしましょう。ご家族も一緒に」

了承して、家に向かって歩き出す。前回お祝いしてもらった十周年のときがつい先日のように思えた。いつの間にか十五年。何かを十五年も続けるなんて思ってもみなかった。

「……子育ては、やめるとかないから、かな」

独り言は商店街のにぎわいの中に吸い込まれていった。子どもとの生活を題材にしたから、ここまで続けてこられたことは明白だった。

作家になろうと思ったことは一度もなかった気がする。お母さんになって、子どもたちとのことを忘れたくなくて漫画にしていたら、声をかけてもらった。「コミックエッセイ作家　あいだようこ」なんて載っていると今でもしっくりこなくて笑ってしまう。でも。

沈んでいく西日が目に強く映って思わず顔をしかめる。瞬間、思い浮かべていた幼い子どもたちの顔がさっと消えた。閉じた目を開いて目の前にたち現れた商店街は、知らない風景みたいによそよそしかった。作品の中に思考が迷い込んだ後に戻ってきた現実は、いつも夢みたいに不思議に思えて、なんだか色あせて見えてしまう。まるで誰かの作った映画を見ているようで、どうにもリアリティが感じられない。

三人のことを思うと、息苦しくなる。

「大丈夫。……また描けるんだから」

振り払うように大げさに瞬きをし、再び帰路を歩き出した。

＊

夕食のためにいくつか買い物をして帰ると、家には誰もいなかった。どこかでほっとして小さく息をつく。リビングのテーブルに袋をおろし、日よけに羽織っていた上着を脱いだ。まだ夕方。ご飯の支度には余裕があることを確認し、食材を冷蔵庫にしまって自室に入った。

小さな机とパソコンと本棚が狭い空間に詰め込まれた仕事部屋は、紙の資料で溢れかえっているが、その狭さが逆に落ち着いて好きだった。ドアを閉めると、自分だけの空間になる。

「よし」

椅子に腰掛け、コピー用紙を一枚出してペンをとった。サク十二歳、モモ八歳、ユイ三歳。とりあえずそう書き、その頃何があったかを思い出していく。

ヒントを得るため、当時の写真を収めたアルバムを左手側に広げた。写真の中の子どもたちはきらきらとした笑顔だったり、大泣きでくしゃくしゃになった顔だったりして、そのまっすぐで懸命な様子が微笑ましい。ひとつひとつ眺めながら、つい頬の筋肉がゆるんだ。この時間、どんなことも全部吹き飛んで、夢中になってしまう。

――ユイの面倒を見てくれてたサクとモモがケンカしたのはこの頃だっけ。

記憶にふっと蘇った場面を頭の中でなぞりながら、あれ、とふと自信がなくなる。もう少し後だったかな。いや、それ以前に、ふたりのケンカの話は前巻でも違うエピソードで描いたかも。

前巻を引っ張り出して来て右手側でめくってみるが、描いた気がしたエピソードは見当たらない。一昨年刊行したもうひとつ前の巻をめくってみると、

「やっぱり」

違う話ではあるが、ふたりのケンカの話を描いていた。

子どもたちは日々ケンカしているとはいえ、似すぎないようにしないと。そう考えていると、がちゃりと玄関のドアが開く音がして、ぱたぱたと廊下を歩く足音が聞こえた。耳ではその音を捉えつつ、頭では記憶を探るのを止められないでいると、足音が踵を返して近づいてきて、部屋のドアが音を立てて開かれた。

「お母さん」

高校二年生の桃果《ももか》だった。

都内の有名私立の制服と指定の紺のソックスを着崩すことなく身につけて、仁王立ちしている。

「あ……」

帰ったんだ。部活は？

顔を上げ、そう口を開こうとするが、桃果がぱっちりとした目を見開くようにして手元を見たのに気づき、一瞬間ができてしまった。桃果はそこに食い込むように、早口に用件だけを告げた。

「これから出かけるからご飯いらない」

「……これから？　もうすぐご飯なのに？」

「だから今いらないって言ってるんじゃん」

被せるように強く言われ、とっさに言葉が出なくなる。わかった、とも言えずにいると、桃果はくるりと背を向けて部屋を出ながら、

「まだそんなの見てんだ。気持ち悪い」

と低い声で呟くと、勢いよくバタンとドアを閉めた。程なくして、玄関のドアが閉まる重い音も響く。追いかけて言い合う気力も湧かず、しばらく呆然とドアを見つめることしかできなかった。

気持ち悪い、という声が耳の奥でこだまする。何度か反芻してみても、何もわからなかった。描くのを喜んでいないらしいこと以外は何も。

洋子はやがて、静かに首を落とし、目の前の紙を見つめた。ペンを取り、ゆっくりと線を引いて絵を描いていく。ぷにっとしたほっぺの、かわいい子どもたち。引っ込み思案な男の子のサクと、

利発でおてんばな女の子モモ、幼くあどけないユイ。三人は無邪気な目でこちらを見てくれる。嫌なことを振り払うように、走らせる線はどんどん早くなった。もう幾度となく描いてきた絵柄は安定していて、いつでも洋子の味方だった。

――ようこさんちのお子さん、みんな天使みたいです！

毎度書き込まれるネット書店のレビューやファンレターを思い出す。

「ほんとに、天使みたい」

紙の上で今にも動き出しそうな記憶の中の子どもたちは、洋子にとっても天使そのものだった。三人をまとめて抱きしめられた頃。ぎゅっとすると香るふんわりとした髪の匂いが蘇る。あの頃は、桃果も漫画に登場することを喜んでいたはずだった。アルバムをめくり、ポケットにしまってあった作文用紙を引き出す。小学三年生の授業参観で桃果が書いた『わたしのじまん』というお題の作文だった。お母さんが漫画家なのが自慢です、と朗らかに読み上げたシーンを描くのが、ずっとずっと、楽しみだったのだ。このままいけば、いよいよ今度の巻に入るはず――だけど。

笑顔のモモを描こうとして、手が止まる。

このモモと、「気持ち悪い」と言った目が結びつかなかった。

いつの間に、いつから、こうなったのだろう。別の存在のように思える子どもたちに手が届く気がしない。そう思うと、目に涙が滲んで三人の絵がぼやけた。泣いたらだめだ、とぐっと目の奥に力を込める。子どもたちの成長が嬉しくなかったわけではなかった。本人たちを見ていなかったつもりもない。だって、作品をよくするヒントは、いつも目の前の彼らがくれたのだから。

でも。人気が出たのは小さい子どものキャラクター、かわいらしさだった。一年くらいのできごとを三年くらいかけて描いたこともある。旅行編を挟んだり、描いていなかった過去編としてサクが生まれたときのことで一冊描いたりもした。気づけば実際の年月と作品に、八年の差ができていた。今、洋子は、もうずっと前の子どもたちの姿を思い出しながら、丁寧に丁寧に、当時のことを描いている。

気がついたら、桃果が嫌悪感を示すようになっていた。もちろん、小さい頃はただ喜んでくれていても、思春期になれば、自分のことを描かれているというのは複雑なのかもしれない、と思う。

「……でも、やめられないよ」

力をゆるめた手からペンが滑り落ちそうになる。描くことができなくなったら、自分に何が残るのかわからなかった。もう十五年やってきたことを手放して他にできることがあるようにも思えない。嫌がっていることはしたくない一方で、やめる勇気もない。いわゆる反抗期というやつなのだとしたら、少しの忍耐で去っていくのだろうか、と頭の片隅で考えてみても、胸がざわつくだけだった。

もう一度アルバムに向き直り、描きたいエピソードを出そうとするが、今度は何を見ても居心地が悪く、不安に駆られた。こういう気持ちになると、当時のことは嘘ではないのに、嘘を描いているような気になる。

目に入った前作の帯は、「日本一愛されている、とある一家の物語。」とある。その横に並ぶ、読者の声。

――私の一番の癒しです！

――クスッと笑えて、子育てまた頑張ろうって思えます！

エッセイの宿命とはわかっているのに、「本当はそんなにうまくいってないだろ」と誰かに指されているような気分になった。子どもたちと笑い合う当時の自分を描く資格は、今の自分にはないのかもしれない。

「一旦やめよう」

一人つぶやき、アルバムを閉じて席を立った。夕食の支度をしなければ。

＊

ピアノのレッスンから帰ってきた由依《ゆい》と二人で食卓を囲んだ。作品の中ではまだ三歳の由依は、実際には小学六年生の十二歳だ。高いところでハーフアップにした髪をてろっとした生地の黒いリボンで結っている。最近おしゃれに敏感になって、毎日自分で髪の毛を工夫して整えていた。

「由依、ピアノどう？」

由依は愛想よく笑って、「うん、いい感じ」と言った。口数こそ多くないものの、話しかければちゃんと答えてくれ、穏やかな時間を過ごせる由依に、洋子は随分助けられていた。

「この後も練習する。まだいいよね？」

スプーンでハヤシライスを口に運びながら、上目遣いに窺ってくる。近所への時間を気にしているらしい。

「うん、八時までね」

「はーい」

言い終わるや否や、食器をシンクに運び、ぱたぱたと小走りにピアノに向かった。聞こえてくる『子犬のワルツ』に、洋子はそっと目を閉じた。

（これを桃果が弾いてたのは十歳だったかな）

今はピアノをやめてしまったが、桃果の方が進みが早かった。ピアノのエピソードは、もしかしたら今度の新刊に入れられるかも、という思いが頭をかすめる。耳で音を追いかけていると、数日前まで由依がよく弾き間違えていたところに差し掛かり、スプーンを持つ指先に勝手に力が入った。胸の奥でハラハラしていると、音はするりとそこを通り過ぎた。流れるように、間違えていたことなんてなかったかのように、曲が続いていく。ほっとして息をつく。発表会まであと少しだった。

「そうだっ」

一度弾き終えると、由依が椅子に座ったままくるりとこちらを向いた。顔を上げると、

「発表会で着るワンピース、用意してくれた？」

と足をバタバタとさせる。ああ、とすぐに頭の中で検索する。

「桃果が着たのがあると思うから、大丈夫」

桃果は十二歳のときにはピアノをやめてしまっていたが、由依の方が小柄だ。きっと着られるだろう。由依は少し考えるようにして、

「だよね。あとで着たーい」

と笑った。クローゼットの奥深くだから、探さないといけない。

「わかった」

そのとき玄関のドアが開いて、長男の朔が帰ってきた。

「ただいま」

「おかえり、ご飯は？」

「食べてきた」

ショルダーバッグを下ろしつつ洗面所に向かう。すぐにうがいの音が聞こえてきた。大学三年生、二十歳。作品では十二歳のサクが、実際にはすっかり背も伸びて成人式も終えた青年になっているのを見たら、読者はびっくりするだろう。感慨深くなってTシャツの袖から出る細めの腕やワックスがつけられた短髪を見ていたら、

「何？　なんか変？」

と聞かれた。

「ううん、なんにも」

「んじゃ、俺シャワー入るね。汗かいたわー」

朔《さく》はいつも軽い口調で飄々《ひょうひょう》としている。昔から激しい自己主張をするタイプではなかったけれど、中学高校と上がっても目立った反抗期がなく、家の中にいてものらりくらりと適当にしていた。成績も中の上という感じだし、友達も多いようで、特に問題はないのだが、高校生で気性が荒い桃果を見ていると、激しい時期がなかった朔にかえって申し訳なくなる気がした。

＊

夜十時を過ぎて、また仕事部屋にこもっていると、ノックがしてドアが開いた。ノックをするのは朔だけなので、すぐに分かってペンを止める。スウェット姿に、ワックスの取れた髪がおとなしくなっていた。

「はい」

差し出されたのはホットミルクだった。

「ありがと」

気が利くというよりももっと習慣のようなものだった。小さい頃、よく勉強中に作ってあげていたホットミルク。あるとき朔がお返しに作ってくれたことに大げさなほど感激して以来、たまに自分のついでに作ってくれるようになった。あの頃は、朔と桃果が競ってお手伝いをして褒められようとしていた時期だったな、と懐かしくなる。だが、本人はそんなきっかけなど、どうやら覚えていないようだ。

「またここにいるってことは新刊？」

「……うん」

できるのかはわからなかったが、ひとまず頷いた。連載作家ではないので、仕事部屋にこもるときは執筆作業がある時期だけだ。

「よかったね」

「うん、まあね」

「しばらく大変だろうけど、頑張って」

お邪魔しましたー、とドアを閉めようとする朔を呼び止める。

「ねえ、桃果まだだよね」

「あー……」

朔が若干言い澱み、苦笑した。

「うん、まだ帰ってない」

一気に気が重くなる。子どもの一人に自分は嫌われているのではないかという確信をぎりぎりで追いやって、脳内で言葉に結ばないようにする。呼吸を忘れて黙っていると、朔が続けた。

「ま、あんまり遅くならないように言っとくよ」

「うん。実は今日……」

言いかけ、ドラマ化の話がちらりと頭をかすめる。が、普段穏やかな朔も、ひょっとするとドラマとなると嫌かもしれない。不安が一瞬もたげ、すぐに言葉を引っ込めた。桃果のことだけを話すことにする。

「桃果、夕方一度帰ったんだけど、この状態を見たら、怒っちゃって」

朔はちらりと机の上を見るとふう、とため息をついた。

「あー、うん、でもそれが母さんの仕事だし、あいつも過敏すぎると俺は思うよ」

言っとく言っとく、と手を振り、朔は部屋から出て行った。

ドアが閉まると、すぐに近くの朔の部屋のドアが開いてぱたりと閉じた音がした。マグカップに指をかけ、ホットミルクに息をかけて冷ましてすする。立ち上った蒸気が頬にあたり、一瞬あったまったあとひやりとする。大きく息をつき、もう一度エピソードの抽出に取り掛かった。

朔の卒業式のこと。桃果のピアノ。イルカショーで水がかかった由依が大泣きした話。そういえば、由依の初恋はこの頃だっけ。幼稚園で出会った男の子のことが好きになって、わたしが必死にチョコレートを作ったんだった。

恋。恋といえば、初めて朔の好きな子を知ったのもこの頃だった。男の子だからかいつもひた隠しにして教えてくれなかったのを、偶然知ってしまったのだ。知られたことに腹を立てて拗ねていた朔を思い出し、先ほどの二十歳の姿と結びつかなくて苦笑した。

あんな風に怒った朔をもう随分見ていない。それは、大人になったからなのか、見せなくなったからなのか。自信がなくなってきた。中学も高校も共学だったのだし、さすがに今は大学生。彼女の一人や二人いてもおかしくない頃だが、そんな話は聞いたことがない。

アルバムをめくると学ランを着た朔が校門の前の看板と一緒に立っている写真が出てきた。中学生の朔。学ラン姿の絵を描こうとしてみて、どんどん速度が落ちていった。入学式の写真のトレースはできたとしても、どんな学校生活を送っていたのか、全然思い出せない。部活は——バドミントン部。でも、なんでそれを選んだんだっけ。委員会とかもあったのかな。別の書類入れを探ると当時の成績表が出てきた。前期、美化委員。後期、学級委員。学級委員？　意外な文字に少し眉をひそめた。そんな積極性が必要そうなことを本当にやっていたのだろうか。斜め下の通知欄には、「優しくてみんなと仲良くしてくれます。成績も問題ないので、さらに頑張ってみてください」と書いてある。そう。そうなんだけど。

ごくり、とホットミルクを喉に流し込むとまだ熱かった。会話がなかったとか、関係が悪かったわけではない。でも、朔のことをちゃんと分かっていると言えるのか。頭の中で桃果が嘲笑する。

——お母さん、そんなことも知らないの？

手のひらにじとっとした汗をかいていた。桃果こそ、いつもぴったりと後ろをついてきて、恋や友達の話もたくさんしてくれたのだ。自分の本に一番関心を持ってくれていた子だったのに。

——お母さん、すごいね、漫画家なんでしょ。

幼い声が蘇る。そんなこと、今は絶対に言ってくれない。

ぎゅう、と手に力を込めてペンを握ると、軸が指に当たってペンだこが痛んだ。何を想像しても、思い浮かべても、疑念がふつふつと沸いて止まらない。また一つ前の巻を引っ張り出した。お母さんと、子どもたち。とある一家の、泣いたり笑ったりの楽しい日々。そんなあらすじ文が苦しい。

「ダメだ、今日はやめよう」

夕方に続き、アイデア出しが終わらないままペンをケースに戻す。冷めつつあるミルクをぐいと飲み干した。

＊

一週間後。夕方の喫茶店で、洋子は高橋と向き合っていた。半分しか下りていないブラインドの隙間から西日が差し、テーブルをまぶしく照らしている。俯くと、テーブルの上に置かれた紅茶の水面に、自分の顔が映って見える。それをぼうっと眺めながら、停滞した空気の中でどうすることもできないでいた。先ほどから待つ態勢に入ってくれている高橋は、急かさず無言で珈琲を飲んでいる。

洋子は意を決し、顔を上げようとして、その勇気は湧かずに下を見たまま口を開いた。次の言葉を言ってしまうと、何かが終わってしまうような気がした。

「高橋さん」

「はい」

顔は見えないが、高橋の声はまっすぐだった。

「あの」

「はい」

責めたり疑ったりする温度がないことを感じると、少しだけ勇気が湧く。息を吸って一気に告げた。

「描けません」

我ながら悲痛な声だった。高橋は洋子の言葉の続きを待っていた。

「……描けなく、なりました」

言葉を選ぶ間が空いたあと、高橋はゆっくりと繰り返した。

「……描けなく、ですか」

徐々に目線を上げ、表情を盗み見ると、少し戸惑いが表れていた。

「新刊、テーマを変えますか？」

優しく提案してくれる。

「どこの部分が難しいか、教えてください。一緒に考えましょう」

彼はいい編集者なのだろう、と洋子は思った。決意が変わらないうちに、今の状況を吐露する。

「描こうとするんです。エピソードもあります。花火をしたなとか、卒業式の思い出とか」

手の震えが伝わったのか、紅茶の液面はぐにゃりと揺れて洋子の姿を曖昧にした。

「でも」

「……でも」

なぞる高橋の声は静かで、それが洋子の焦りを幾分か和らげた。

「子どもたちの声がするんです。嘘じゃないか、って。そんなにうまくいってないだろって。読んでくれるみなさんの声も」

一度話し始めると止まらない。脳内に溢れ出す言葉に口の動きが追いつかず、唇がつまづくようになんどもぶつかった。

「毎日を少しずつ頑張ってるお母さんと、かわいい子どもたち。どこにでもある家族のあったかさを切り取った作品。わかってます。それで売れてるし、そのほっこりした感じとか、平和な日々をみなさんが愛してくれてるって。でも、罪悪感が消えなくて」

「罪悪感って……多少順番を入れ替えたりとかはあるとしても、嘘をついてるわけじゃないじゃないですか」

これまで何冊も同じテーマで出してきたのに、突然描けないと言い出した目の前の作家に高橋が困惑しているであろうことは、十分に想像できた。申し訳なさで心臓がぎゅうと縮まる。胃の中で何かがぐるぐると回っているような心地の悪さがあった。

「確かに、今描く本には嘘はないんです。でも、描いているわたしには嘘があるように思えてならないんです。その違和感がどんどん大きくなっていて。……エッセイってどこに行くんでしょうか。

これまで、わたしはとっても幸運で、いっぱいサポートしていただいて、十五年も描いてきました。自分の周りのことを」

高橋の反応を待たずに続ける。

「でも、時って流れてますよね。それで、もし、ずっとコミックエッセイ作家として生きていこうとすると、ずっとそれを描いて行くんでしょうか。子どもたちを成長させて？」

いつの間にかどんどん激しい口調になっていた。荒くなった呼吸を鎮める。泣きそうな思いで出した言葉は小さく弱々しかった。

「……無理です」

最後まで続けるために息を吸う。

「わたしの作品に人気があるのは、子どもたちがもう、半分キャラクターとして受け入れられているからだってわかっているんです。実際のあの子たちを描きましたけど、読者の皆さんの中では、〈サク〉や〈モモ〉というキャラクターになってる。『クレヨンしんちゃん』みたいなものですよね。それをわかってるからわたしも、随分とゆっくりと丁寧に、幼い頃の日々を時間をかけて描いてきました。わたし自身も、それが楽しかったんです。一番かわいくて楽しい時間に戻れて、ずっと夢みたいな時間を過ごせて。今でも描くのは楽しいし、新刊をご提案いただいてうれしかったです。でも……」

この間も桃果に言われて、と言ってしまおうか迷っていると、高橋が遠慮がちに聞いてきた。

「お子さんたち、嫌がってるんですか」

さすが、コミックエッセイを長く扱っているだけのことはある。きっと何回も、エッセイだからこその悩みに向き合ってきたのだろう。

「嫌がっている……というか、桃果は抵抗があるみたいです」

そう口にしてしまうと、少し胸のつかえが下りた気がした。

「モモちゃん……ですか」

高橋が桃果に会ったのは十周年をお祝いした五年前、桃果が十一歳のときだった。

「もう……えっと、今は」

「十六です。高二です」

「はあ、もうそんなに」

作品の時の流れの中にいる高橋は驚いたようだった。洋子はその様子に小さく笑みを浮かべた。

「驚いちゃいますよね。大人の時の流れって、信じられないほど早いんですもん。気がついたらあっという間に数年が過ぎてる。でも、その数年で、あの子たちは、作品の中とは別人みたいに変化していて」

「モモちゃんが抵抗があるのは、自分が描かれることなんですか？」

不安げに眉間にしわを寄せながら、高橋が尋ねた。洋子は数秒迷って一度口をつぐみ、

「具体的に何がというのは……わかりません」

と声を小さくした。

「わたしが描いているのが嫌なんだろうなっていうことだけ、感じ取ってました」

何が嫌なのかわからないと解決もできない、と言いたげな高橋の素直な表情に、身が縮こまる。当事者ではないからなのか、論理的思考回路の持ち主だからなのかはわからないが、順序立てた考えを正しく見せられると、自分の不甲斐なさが余計に目立って感じられた。

「わたし、桃果とそんな会話もできてないんです。何が嫌なの？　って聞けばいいんですよね。でも怖いんです」

高橋は無言で洋子を見ていた。場の重い空気を取り除こうと、洋子は無意識に声のトーンを上げた。

「そんな感じで、今、うちはうまくいってるとは言えないんです」

口角を持ち上げて笑ってみせる。

「だから、八年前のことだとしても、幸せな家族に見せて、それがずっと続くかのように思わせるのは、心苦しくて。ごめんなさい」

涙目になったのを隠すように、ぺこり、と頭を下げた。

「……それが描けないなら、作家としても需要がない、ですよね。それな、ら」

声が震えて、自分が手放すのを怖がっていると知った。もう本当にどうにもならないのだろうか。あの甘い時間にしがみつきたい、と心の奥底は叫んでいた。でも、もうすっかり行き詰まっていて、今できることが浮かばない。今後の話は無かったことにと続けるしかない、と拳に力を入れると、高橋が遮って、少し大きな声を出した。

「ドラマはやりましょう」

ぽかんと半端に口を開けたまま、洋子は顔を上げた。

「え?」

「ドラマはやりましょう。予定通り」

力強い声だった。

「あの、でも、うち……。それに、せっかくの商機なのに新刊も出せないですし」

出版社にとっては、同時に新刊を出して売りたいはずだ。なのに、高橋は洋子の言葉にも悩まずに続けた。

「僕は作家じゃないですから、悩まないんですよ。というか、悩みの種類が違うっていうのが実際なんですけど、それはまあいいとして、エッセイの作家としての悩みはないんです」

「はあ」

「だから、外から作家さんと作品を見ていると、やっぱり、いかに事実を書いていても、作品は作品だっていうのがよりクリアに見えるんです。それこそ、三百六十五日、二十四時間を描いてるわけじゃないですよね。作品になりうる、売るに値する、誰かに伝える価値があるエピソードだけを選んでいるし、例えばそのコマ割りや、構図、並べ方なんかも、人に届けるために工夫していますよね。ホームビデオを編集なしで公開しているわけじゃない。それが作品ってことです」

あっけにとられる洋子をよそに、高橋は珈琲を口に含んで喉を潤すと、まるで台本があったかのようにすらすらと話した。その様子は彼がその問題に向き合ってきた時間の凝縮なのだとわかる。

「それでいいんです。そのことにすっごく自覚的な著者さんもたまにいて、計算して、受けのいいエピソードを入れようとか、そういう話をします。それって全然ずるくない。むしろ、読む人の目線や出費に自覚的になって作品を作るという意味では、作家の仕事たる部分とも言えます」

でも、と高橋はにっこりと笑った。

「あいださんは本当に天然なんですね。楽しく描いていらっしゃるなあ、と思ってたんです。その計算のなさが読者にも伝わってるし、それで愛されてるんですが……今みたいなときは、だからこそ苦しいんだと思います。でも、ごめんなさい。僕は、なんだか嬉しくなりました」

意外な言葉だった。人がお通夜のような気持ちでいたというのに、こんなに晴れやかな笑顔を見るとは思っていなかった。

「それでいいと思います。あいださんの場合は、その計算の部分は僕の仕事なわけです。それでですね、その僕が一つ、言いたいのは」

次の言葉は、がやがやと話し声がする喫茶店の中で、浮き上がって耳に届いた。

「ドラマはきっと、何かのきっかけになりますよ」

「……きっかけ、ですか？」

「ドラマでは、俳優さんたちが演じます。それって思ったよりも、距離を感じると思うんですよ。漫画になって半歩現実からはみ出たものが、さらに二歩くらい離れるというか。似せていても別人が演じるわけですから、きっと、よりはっきりと、「一つの作品」になってくれると思います。それはきっと、お子さんたちにとっても一緒ですよ」

「恥ずかしく感じないでしょうか」

「そりゃあ、もちろん、多少は」

高橋はあははと笑った。

「でも、小さい頃のホームビデオを見るよりは恥ずかしくないかもしれませんよ。他人なので」

そう言われるとそんな気もしてくる。

「ドラマって、お茶の間に流れるんですよ、あいださん」

そう告げた眼差しが優しかった。いつのまにか西日は角度を変えて、彼の右縁を橙に染めている。

「もちろん強制じゃないですが、会話するきっかけにもなってくれたら嬉しいです。十五年間、お母さんが頑張ってきたことなんですから」

はい、という返事は思いの外素直に出た。新刊は一旦置いておいて、ドラマの話だけを進めてもらうことにする。それは、どこかで自分に可能性を残せる決断に思えた。

「完全に言いくるめられましたね」

茶化しながら、手帳を鞄にしまう高橋を見やると、頭の中に残る不安を見透かしたように、彼が付け足した。

「もちろん、本格的なGOサインを出す前なら、まだ断れますから。来週くらいに、俳優さん候補が出てくると思いますよ」

それまでには、三人にも話そう。もし難しければ断ればいい。そう決めて、喫茶店を後にする。ビルの奥に隠れた太陽の代わりに、ぶうんと音がして街灯が点る。その鈍い光に導かれるように、洋子は暮れかけの道を歩いて帰った。

第二話　兄・朔の場合

その日も妹の桃果の帰りが遅くて、朔はリビングのソファーでため息をついた。もう二十三時近く。高校生の女子がふらふらしていると心配をかける時間であることは確かだ。

（俺は別に、そんなに真面目じゃないけどさ）

叱りたいとか、正したいとか、そんな風には思わない。けれど、「こうしていた方がうまくいくのに」という道筋が見えていれば、それに合わせた方が楽に思えた。桃果が遅くなれば周りが心配し、怒られたりすれば家の中が緊迫する。そうわかっていて、よくやるなあ、と思ってしまう。もちろん、わざとであることも分かっているし、桃果の気持ちも理解はできる。

もう一度ため息をつきかけたとき、ぶぶ、と携帯が震えてメッセージが浮かび上がった。桃果からだった。無言で見つめると、画面の灯りでほんのりと顔が青白くなる。

〈鍵開けて〉

はいはい、と小さく呟きながら立ち上がり、玄関のたたきに片足爪先立ちで立って、なるべく音を立てないように鍵を回した。由依はもう寝ているし、洋子は仕事部屋にいた。

ドアがゆっくりと開き、何も言わずに桃果が中に入ってくる。朔は後ずさりながら足を廊下に戻し、くるりと向きを変えてリビングに戻った。後ろを桃果がついてくる。暗い廊下からリビングに入ったところで桃果が境目のドアを閉めた。

「ふー」

物音をなるべく立てないように緊張していたのはわかるが、呆れてしまう。

「ふーじゃねえよ、お前さあ。もう少し早く帰ってこれないの？　塾とかでもないんだし、何してるわけ」

「わ、うるさー。親みたい」

桃果はあからさまに顔をしかめた。反論するのも面倒で、それきり放置する。まだあったかいお湯がポットに残っていたのでお茶を淹れることにした。

「私も飲む。ていうかお兄ちゃんマメだよねえ」

からかうように言う妹を「はいはい」とだけあしらう。カップは二つ用意し、ティーバッグは最初に妹の方に入れた。自分には同じものを移動させる。その間に桃果は制服から部屋着に着替えてきた。結んでいた髪もほどき、肩甲骨くらいまである長い髪が肩に落とされている。

マグカップをテーブルに置きつつ、

「今日母さんと喧嘩したんだって？」

と聞くと、桃果は眉を吊り上げるようにして、

「喧嘩ぁ？」

と不満げに言った。

「喧嘩にすらなってないよ。あの人、何も言わなかったもん」

「あの人ってお前……」

はあ、と今日何度目かのため息をつく。

「なんて言ったわけ?」

「アルバム見てたから。まだそんなの見てるの、気持ち悪いって」

「どぎついなー」

頭が痛くなりそうだった。桃果は拗ねたように口を尖らせる。

「お兄ちゃんは思わないの? あの人、いっつも私たちの小さい頃の写真ばっかり見てさ。それを描いてるんだよ。細かーいことまで覚えててさ」

「お前、昔は母さんが描いてる漫画好きだったじゃん」

「そりゃ、小さい頃はね。お母さんが漫画家なんて嬉しかったよ。でも、今お兄ちゃんも言ったけど、もう〝昔〟なんだよ。お兄ちゃんなんてもう二十歳なのに、いつまでも小学生なんだよ? 気持ち悪いでしょ」

気持ち悪いっていうより寂しいんじゃないのか、とは面倒なので言わなかった。

「まあ、わからなくはないけどさ。でも、母さんが描いてる漫画で俺たち生活してるわけだから」

「半分はお父さんのお金でしょ」

父親は普通のサラリーマンで、九州に単身赴任中だ。最初は二年程度のはずだった地方勤務が気づけば六年になろうとしている。前半は足繁く帰ってきていたが、頻度もだんだんと下がり、今ではこの家での存在感はだいぶ希薄になっていた。離婚したわけではないので、家計は共通口座のままにしているようではあるが、どこか使いやすさが違うのか、日常のちょっとしたことは洋子の収入から賄っている。桃果もそれを分かっているからか、それ以上広げることはしなかった。

「あ、お前、ウェア洗濯出しとけよ」

部活のテニスウェアのことを思い出して言うと、桃果は薄目になって、

「洗濯はお母さんの仕事じゃん」

と苦々しく言った。

「母さんまた描き始めるみたいだし、気づいたら数日経ってたりするだろ」

作業が進み始めると数日家事が手につかなくなることはよくあった。朔は料理こそしないものの、洗濯機を回すくらいならするようにしていた。桃果はそれすら不満のようだ。

「いい子ぶっちゃってさ」

「じゃあお前、自分で洗う？」

「嫌だよ、それはお母さんの仕事」

駄々っ子か。そう思うが口には出さない。

「自分で洗うか、今すぐ出すか、どっちかだからな」

そう淡白に言うと、

「口うるさーい、モテないよそんなんじゃ」

と言いながらも、立ち上がってテニスウェアを取りに部屋に向かった。

「家事男子でアピールできるかもな」

受け取りながら言い返すと、桃果は顔をしかめる。

「うえー。私はそんなんより、運動できたり仕事できたりする人の方がいいなあ」

うるさい、と振り切ってウェアを洗濯物かごに入れた。明日の朝回すことにする。実際、彼女は一年と少しいなかった。大学一年生で付き合った子と別れて以来何もない。痛いところを突かれた気がする。

「はあ」

ため息の回数を更新すると、シャワールームのドアを開けながら振り返った桃果が、「幸せ逃げるよー」とふふんと笑った。

＊

バイト先の小さなダイニングバーで、開店前にカウンターに入りながら、朔は隣に並んでグラスを拭く真島《ましま》太朗《たろう》に向かって呟いた。

「……そこそこでいい」

薄い顔に黒縁眼鏡をかけた友人はこちらを向くことなく、

「それは独り言か？　俺に言っているのか？」

と言ってくる。どこかコミカルになるのが特徴だ。気軽に話せて、朔は太朗を気に入っていた。

「お前に言ってんだよ」

「それにしては具体性に欠けるんだよな」

「どうしたの？　って聞いてくれ」

「それは気持ち悪いな」

コントみたいなやりとりに笑えてくる。すると太朗も吹き出して、

「で、なんなんだよ！」

とつっこんできた。肩をバシッと叩かれて、危うくグラスを落としそうになる。

「平凡に働きたい」

「就活の話？」

大学三年生の秋、就活シーズンに突入しようとしていた。

「それもあるけど、もっと大きな枠で」

「はあ」

「俺は平凡に働いて平凡にモテたい」

朔の言葉に、太朗は疑わしげな目を向ける。薄暗いライトの影になって、顔にドラマみたいに強

調された陰影ができていた。

「信じられん。俺は超金持ちになって超モテたい」

「……現代日本の若者でそれを言えるお前すげーな」

「夢は大きく目標は高くだ」

「尊敬するわ」

キュキュ、とグラスを拭きあげて、定位置に戻していく。

「なんだってその発言になったのさ」

適当なようでいて、太朗はきちんと要望をキャッチしてくれるところがある。朔はそれも気に入っていた。

「うちの母親の仕事の話したじゃん？　それで今、妹が荒れてて、家の空気が面倒な感じなんだよ。それもこれも、母親の仕事が特殊だからだよなあって思ってさ。収入が保証されてるわけでもないし」

「ほうほう」

「だから俺は、なんの変哲もないサラリーマンになって、どこかで出会った普通の女の子と、そのうち結婚したりして、フツーに家と会社を往復したいなあって」

太朗は天を仰ぐように首を傾け、嘆いてみせた。

「お前こそ、よくそこまで夢をなくせたな」

「え、この平均値が夢がないって言われるの辛くない？　実際はそうなるわけじゃん」

眼鏡の奥の目がぎゅうと閉じられる。

「世知辛……、お前悪魔か？」

「いやいや俺は現実的なのよ」

「悟りきってて怖いぞ」

そうなのかもしれない。いつの間にか、同時に始めたはずのグラス拭きは三つ以上の差がついて、朔は自分の分を終えようとしていた。太朗の列から一つ奪う。

「でもさ。それでも就活では、あれをやりたいです！　だの、これを志します！　だの、勢いよく若者らしくフレッシュに？　希望に満ち溢れないといけないわけじゃん。考えてみたら俺、そういうの何にもないからさ。困ったなーと」

「結局就活の話じゃねーか」

そう狭めるつもりはなかったが、実際目の前に迫っているのは就職活動であることは間違いなかった。エントリーシート、面接、討論……。想像すると気が重くなる。自分でやりたいことなんて思い浮かばなかった。

「俺って何がやりたいんだろ」

「別に必ずしも、職種や業種から考えなくてもいいんじゃん？　こう、好きな空気とかさ。まだ始まったばっかかで切羽詰まってはいないわけだし」

「空気？」

「自分の役回りとか居心地のいい社風とかから逆算するっていうかさ。ほら、お堅いところもあれば、ベンチャーとかでわいわいやるところもあるし、大企業でも派手なところもあるしさ。自分の好きな空気で決めてもいいんじゃね」

真剣なことも軽やかなトーンになるところも、この男のいいところだ。

「……お前、まともなこと言うな」

感心すると、クイっと眼鏡をあげて格好つけてくる。

「自己分析したくなったら、付き合うぜ」

それは無視しておく。漫画家の息子として言うのもなんだが、たまに動作が漫画の読みすぎだ。

役回り。居心地のいい社風。言われたことを反芻してみるが、それもおぼろげなイメージでしかなく、具体的なところはよくわからなかった。どこかで落ち着いて向き合って考える必要があることだけはわかる。

「俺、自分のことって結構わかってないのかも」

隣の友人は「何言ってんだお前」と華麗につっこみを入れた。確かに台詞だけ取り上げるとモラトリアム真っ只中のようで、自分でもつっこみたくなる。すると、太朗はパッと声を華やがせた。

「そういえばさ、合コンの話があんだよ！　就活ばっかしてても疲れるし、息抜きも必要じゃん？企業とかの情報交換しつつご飯食べるっていう誘いなんだけど、朔も行こうぜ」

情報交換しつつの合コン。絶対に目的が空中分解するなと思いつつ、むしろ一つしか目的のない出会いなんてないのかも、とすぐに思い直す。桃果にモテないと言われたことが地味に悔しかったこともあり、快諾した。

「行こっかな」

「っしゃ！　朔は顔はそこそこいいからな！　背もそこそこあるし！」

ばん、と背中を叩かれる。褒められた気がしない。おまけに、「そこそこでいい」から始めた会話のオチがそこそこで着地した。希望しなくても自分はそこそこだったと気づいておかしくなる。

「太朗よりはモテると思うんだけど」

聞き捨てならぬ、と太朗が暴れてグラスが落ちかける。手でキャッチしつつ気をつけろよと言うと、ほぼ同時に最初の客が入ってきた。大学の最寄り駅だけあって、客も大学生の集団やカップルが多い。途端に店内が賑やかになる。

「こちらへどうぞ」

忙殺されるうちに、その日は悩みを忘れていた。

＊

何気なくつけていた朝遅めのワイドショーで、芸能コーナーに登場した最近人気の子役を見て身を乗り出した洋子に、朔は疑問をそのまま口にした。

「好きなの？」

普段芸能にはほとんど興味を示さない母の行動が純粋に不思議だった。洋子は前に倒れた上半身を引き戻すと、

「な、なんでもない」

と動揺を隠せないまま言った。違和感が消えず変に思うが、大したことでもないのですぐに朝食に意識を戻す。洋子は見ていないふりをしながらもテレビを気にしていたが、コーナーが切り替わるとお箸を持ったまま少し思案し、口を開いた。学校の時間が規則的な桃果と由依はもう家にいない。

「実は」

「うん」

指にかけられているだけの洋子の箸がバラバラな向きを示している。

「実は、さっきの子役の子」

始まった話題からはその口の重さの理由がわからず、再度「うん」と軽く促す。だが、続いた言葉はすぐには理解できないものだった。

「朔の役をやるかもしれなくて」

「……は？」

素っ頓狂な声が出るが、それに洋子が緊張したのがわかり、朔は声を落ち着けて質問した。

「俺の役?」

「……うん。ドラマ化の話が来てるの」

「ど、ドラマ化」

普段は冷静な方だと思うが、さすがにとっさには繰り返すことしかできなかった。うちの場合それは、母親の作品が映像になる、というだけではない。

洋子は一度席を立つと、自室からクリアファイルに入った資料を持ってきた。

「昨日テレビ局の人と会ってね。これなんだけど……」

表紙に踊る〈ドラマ企画〉の文字と横に貼られた漫画のカットが冗談ではないことを示していた。ぱらぱらと指でつまんでめくると、そこには先ほどテレビに映っていた子役のにこやかな宣材写真が載っていた。

「嫌かな?」

遠慮がちにそう聞かれるが、すぐにはピンとこない。子役は十歳程度だ。原作でまだ十二歳なのだから当然だが、当時の自分のことはすでに別人のように思えるし、それを他人がやるとなると余計に遠いことに感じられた。

「嫌、ではないよ。不思議ではあるけど」

素直にそう言うと、洋子はちょっと安堵した顔を見せたが、その表情はすぐに曇った。

「桃果は、嫌がるよね」

「あー……」

朔も想像して眉を寄せる。今の桃果が喜ぶとはとても思えなかった。

「かもね」

黙ってしまった母親に声をかける。

「とりあえず、俺が話してみるよ」

洋子は驚いて顔を上げ、すぐに悲しそうに笑った。

「いつもごめんね。わたしじゃ、あの子」

「いーよいーよ、円滑な方がさ」

牛乳を注ごうと冷蔵庫を開けながら、はた、と思い至る。円滑に、というのはいつも思っていることかもしれない。社風から探すという太朗の言葉を思い出し、当てはめてみる。

(円滑……な職場)

なんだそれ、とすぐに胸の内でつっこんだ。選ぶまでもなく、職場においてはどこであっても円滑なのが良さそうだ。ただ少なくとも、「どうしたい?」と意志を聞かれるよりも、はるかに気持ちが落ち着くワードではあった。君の好きなようにしていいよ、と言われるより、みんなが良くなるようにしてよ、と言われる方がわかりやすい。

どんなところに就職するかは、多少親にも話さないといけない気がしたが、重大な課題を抱えている目の前の母親はそれどころではなさそうだった。そういうときに声を上げることは、朔には妙にハードルが高く感じられた。自分の話をするのは気恥ずかしい。

別に機会を設けよう、と思っていると、背後から、

「由依には今日言おうかな」

と声がした。母親を振り返りつつ、由依のことを思い浮かべる。下の妹は、絶賛反抗期の桃果とは違っておとなしいが、どう思うのかはわからなかった。

「由依にもまずは俺が話してみるよ」

牛乳を一気に飲み干して、コップをさっと水にくぐらせる。意外と時間が迫ってきていた。自室に寄って鞄を抱え、大学へ向かう。小走りになりながら、ぼんやりと子役の顔を思い出した。

(……マジか)

遅れてやってきたむず痒さに、朔はがしがしと頭をかいた。

＊

ノックしてドアを半開きにすると、由依は宿題をしているところだった。

「ちょっといい?」

手を止めて「うん、いいよ」と振り返る。声音こそ高いものの、実年齢よりは落ち着いて聞こえる。たまに違和感を覚えるほど精神年齢の高い妹だった。

朔は部屋に入って後ろ手に扉を閉め、そばにあったクッションを引き寄せて座った。

「実はさ……今、母さんにドラマ化の話が来てるらしいんだ」

由依はきょとんとして一瞬朔を見つめたが、

「へえ、すごいね」

と感心したように言った。桃果だったらここで大声を出しているな、と思い浮かべて内心苦笑する。対して目の前の由依は、驚いてはいるものの、特に激しい反応はせず、へえー、と何度か噛みしめるように呟き、反芻して飲み込もうとしているようだった。

「由依は嫌だったりする？」

直球で聞くと、少し考えて首を振る。

「ううん。別に大丈夫」

「ドラマがテレビで放送されたら、学校でなんか言われたりしない？」

「うーん。そのときには中学生だと思うから学校の空気は正直わからないなあ」

「あーそっか」

小学校はあと半年で卒業だった。これから出会う人たちのことは想像しづらいだろう。どうしたものか、と唸ると由依は、

「まあ、でも大丈夫だと思うよ。なんか言ってくる子がいたら自慢しとく」

とピースサインを作りながら笑った。誰かさんに爪の垢を煎じて飲ませたい、と思う一方で、必要以上に大人に見える妹がたまに心配になる。

「強いなお前」

頭にぽん、と手を置くと由依は照れたようにはにかんだ。

「そんなことないよ。あ、でも、わたしが何歳くらいのドラマなの？」

「多分、一歳くらい」

するとあははと口を開けて笑う。

「そうだよね。漫画もまだ三歳だもんね。じゃあ絶対大丈夫、わたしだって分かるかどうかも怪しいよ」

まあね、俺も十歳だよ、と言うと由依はうふふと嬉しそうにして、

「それは彼女とかに見られると恥ずかしいやつだ」

とからかってきた。

「……いないからいいんだよ」

「じゃあラッキーだったね！」

うるさい、と言い、こういう話題における妹の鬱陶しさは個体差がないのかも、と脱力した。

「お兄ちゃんってずっと彼女いないの？」

小学生女子のまっすぐな目で見られると、誤魔化して答えてずっといないと思われるのもかっこ悪い気がしてくる。

「……いたよ。一年前くらいに別れたけど」

「へえ、いたんだあ。お兄ちゃんってモテるの？」

「無尽蔵にはモテない」

「無尽蔵ってなに？」

「超たくさんはってこと」

「へえ、そっか。じゃあちょっとはモテるんだね」

無邪気な言葉にぐっと詰まる。

「いや、そういうわけでも」

「じゃあモテないんだ」

「そう言われると。ていうか、俺がモテるかはどうでもいいんだよ」

「ええ、大問題だよ」

由依はふざけて口を尖らせる。いったいどう問題なのだろう。

「かっこいいお兄ちゃんの方がいいじゃん」

それは悪かったな、と苦い顔になると、由依は楽しそうに手を叩いた。

「あ、でも、ドラマではお兄ちゃん十歳か。それはいいな」

「何が？」

「わたし、十歳のお兄ちゃんは知らないからさ。見てみたいかも。わたしの中でお兄ちゃんって、最初から学ランだったもん」

なるほど、それは下の子ならではの感覚かもしれない。ずっと家の中を見てきた自分には意外に感じられた。

「いや、十歳ってただのバカな男子だと思うよ。まあ、由依だけでも楽しみにしてくれてるとありがたいけど」

「あ、やっぱりお姉ちゃんは嫌なんだ」

さすがに察しがいい。やっぱりねー、と深く頷いている。

「まだ話してないけど、最近もちょっと母さんとぶつかってたし、やばそうだなって」

由依はふーん、と遠くを見るようにして、

「お姉ちゃんはなんにも損してないと思うけどなあ」

と呟いた。その横顔が陰って見えて、

「え？」

と聞き返す。由依は目尻を下げて笑って、

「この間お母さんに、ピアノの発表会のワンピースあるか聞いたら、お姉ちゃんのお下がりがあるから大丈夫って安心しきった顔で言われちゃってさ」

とのんびりと言った。口調こそゆったりしているものの、ちょっと傷ついた顔をしていた。お前我慢したの、と言おうとすると、由依は右手の人差し指をピンと立て、

「プランA、お下がりなんて嫌だーってわがまま言う末っ子パターン」

左手の人差し指も立て、

「プランB、わかったってニコニコする妹パターン。で一瞬悩んだけど、Bにした」

と茶目っ気たっぷりに言った。えらいでしょ、と付け足してくる。

朔は内心大きなため息をついた。この家で育つうちに、本人も無意識にここに辿り着いてしまったのだと思うと申し訳ない気がした。

「お母さんがいつか描くとしたらどっちがいいかなって考えて、あえてAもありかなー、と思ったんだけど、そのときお母さんなんかへコんでたみたいだったから」

「……偉い。偉いけど別に、思ったこと好きに言えよ」

由依が生まれたときにはもう洋子は作家になっていて、由依は描かれるべくして生まれたかのように、おなかの中にいたときから作品になっていた。物心ついて自分が本の中で動いているのを見たら、行動と作品を結びつけるのも自然なのかもしれなかった。

実際朔も、このお出かけはいつか描くのかな、と思っていた時期もある。今は年齢が離れすぎて意識しなくなってしまったが、子ども時代を生きている由依にとってはまだ色濃い感覚のようだった。

「お前、希望とか言えてるの？　小学生ってもっとわがままじゃない？」

「んー、わかんない。そうなのかな」

由依は一瞬考えるように動きを止めると、

「まあ、大丈夫だよ。こうやってお兄ちゃんに言ったしね」

と親指を立ててグッドサインを出した。

ドラマ化の話を母親から預かってよかった、と思う。きっと直接伝えられていたら、由依は「お母さんよかったね！」と飛び跳ねて喜んだに違いないのだ。自分の前ではどうやら素を出してくれていることが嬉しかった。

部屋を出ようとすると、宿題を再開しかけた由依が顔を上げ、

「お姉ちゃんの反応はどうかわかんないけど、お兄ちゃん頑張って」

と左拳を胸の前でぎゅっと握った。

「おう」

お返しするようにファイティングポーズを取る。

自室に戻りながらまたため息が漏れた。他の家に訪れた出来事なら、家族みんなで喜んで、お祝いの食事をしたりするのだろうか。ケーキなんかを兄妹で用意したりするだろうか。いまいち、普通がわからない。

ベッドにごろんと横たわり、スマホをぽちぽちといじる。ゲームや暇つぶしのアプリを行き来して、その日はいつの間にか寝落ちしていた。

＊

太朗に指定された場所に行くと、そこは少し路地を入ったところの小洒落たイタリアンダイニングだった。店内の照明は明るすぎないオレンジで、壁には花の絵がかけられている。木目のテーブルと、テーブルごとに違うデザインの椅子が並んでいた。

奥で手を振る太朗に気づき八人がけのテーブルに近づくと、手前に学科が同じ男子が二人いた。

「よ」

「久しぶり」

顔見知りなので軽く挨拶し、太朗の奥の席に座る。

「女の子たち、あと十分くらいで来るって」

「……お前、就活の情報交換とか言いながら普通にがっつり合コンじゃんか。表参道の店なんかとってかっこつけてさ」

反対側の空いた四席を横目に見ると、太朗は口角を上げて何言ってんだよと笑った。

「俺、合コンってちゃんと言ったろ？」

「まあそうなんだけどさ」

荷物を背中側に置いていると、太朗の隣の男子がひょっこりと顔を覗かせる。

「俺が説明会で出会った子と意気投合して開催しようって話になって真島に声かけたんだよ。リクラブって言うじゃん？」

そのこなれた様子に、なるほどそこに積極的になる手もあるわけね、と妙に感心した。

やってきた女の子たちは男子よりちゃんとして真面目そうで、今日も説明会帰りなのか二人はスーツ姿にきちっと結んだポニーテールだった。就活のこと話そうよ、と言って誘っていたのだろう、乾杯後しばらくするとちゃんとこちらに就活の話を振ってきた。

「どんなところ受ける？」

「まずは外資かな」

いかにも聡明そうな女の子がハキハキと言う。

「外資なんてすごいな」

「私、この間インターンの面接行ったけど落ちちゃった」

「わかる。インターンの方が倍率高いっていうよね」

「結構たくさん受けてるの？」

なんだかんだ言って太朗は女の子たちにうまく質問して経験談を引き出しつつ、「面白い人」の枠を取ろうとしている。壁を感じさせない喋りが効いていた。こういうところ上手いやつだよなあ、とビールを呷《あお》りながら、朔は会話にあまり入り込めずにいた。

適当に相槌は打つものの、どこを受けるとか、どんな会社がいいだとか、出てくる話題にピンと来ていなくて、提供できる話がなかった。何も行動していないから、情報も持っていない。

こういう場でリクラブとやらに発展するとすれば、男子の方が焦る女の子を励ますとか、目指す業界が同じとかの流れだろうなと思うと、余計に自分とは距離のあることに思える。喋れないとついつい飲みすぎてしまうビールすら味気なく感じて、朔は早めに離脱することにした。

（なんか、ダメだなー、これじゃ）

二次会に向かおうとする面々に手を振り、大通りに出て駅に向かおうとすると、電話がかかってきて携帯が震える。ゼミの後輩の玉城華《たましろはな》だった。

「もしもし」

あ、先輩ですか？　という電話の奥の声が弾んでいる。

「じゃないってことあるのかよ」

つい笑いが漏れた。先ほどまでの居心地の悪さが、よく知った声でほぐされていく。

「一応確認したくなるじゃないですか。先輩、今どこですか？」

「どこって……表参道だけど」

つい周囲を見渡して、メトロの看板に目をやりながら言う。すると華は鋭い声で、

「合コンはどうしたんですか、まだ最中ですか？」

と聞いた。女子から合コンなんて話をされると、悪いことはしていないのになぜか気まずい気持ちになる。

「なんで知ってるんだよ……。まだやってたら電話出ないよ。さっき終わったところ」

「うわ、出てくれないんですか。ひどい。終わったってことはお持ち帰り失敗ですか」

「ひどくはないだろ」

後半のお持ち帰り云々は無視しようとすると、華は被せるように勢いよく言った。

「じゃあそこにいてくださいね、行きますから」

「は？」

意味がわからず思わず上ずった声が出る。

「行くって何？　来るの？」

「はい、近くなんで！」

突如ぷつりと通話が切れる。酔いが残った頭で呆然と画面を見ていると、すぐにメッセージがきてもう一度画面が明るく光った。

〈B２出口に集合で！〉


よくわからないまま、地上を歩いて出口まで行く。少し湿気を含んだ夜風が頭をなでる。ブランドショップや飲食点が並ぶ夜の街は賑やかで、行き交う人がみんな楽しそうだった。

本当に来るのかと、信じられないまま携帯を片手に握って出口の脇に立っていると、数分して本当に華が階段を上がってきた。

「せーんぱい！」

横からどんと押されてよろける。

「うわ」

「ちょっと、しっかりしてくださいよ。酔ってるんですか？」

「いや、もうかなり醒めた」

今の驚きのせいでもあるんだけど、と睨む。

華はTシャツ、パーカーにミニスカート、サンダルという軽装で、先ほどの就活生たちとのギャップが大きく見えた。ショートカットの茶色の髪が風にふわふわと揺れている。

「で、どうでしたか、合コン」

華はそんな風に言いながら、軽やかに歩き出した。

「ちょっとお前、どこ行くんだよ」

慌てて追いかける。

「まあまあ。私とお茶でもしましょうよ」

「何それ、俺が奢るんだろ」

「まあ、そうですけど」

華はくるりと振り返ると、

「合コンの失敗談聞いてあげますから」

とにやりと笑った。その愉快げな顔に憮然《ぶぜん》として、つい半眼になる。

「て言うかそれ、なんで知ってんの？」

「太朗さんに決まってるじゃないですか。合コン行くんだって自慢されましたよ」

目に浮かぶようだった。

「先輩、彼女欲しかったんですね」

踊るように後ろ歩きと前向きを繰り返しながら朔を見上げる。

「そりゃあ、ほとんどのやつがそうでしょ」

「ふ――ん」

意味深な伸ばし棒だ。軽く飲むこともできるカジュアルなカフェバーに着くと、華は朔の意見も聞かずに中に入り、適当な席に座った。朔も向かいに腰を下ろす。先にカウンターに注文に行った華がおつまみとジントニックを頼んだので、ビールを頼んだ。店内は陽気な声とグラスやカトラリーの音で溢れていて、会話に間が空くと高揚感に呑み込まれるような気がした。すると華はトートバッグからクリアファイルを出し、

「先輩、課題全然わからないので教えてください」

と言ってきた。

「お前……じゃあ飲むなよ」

ビール頼んじゃっただろ、と呆れると、華はわざとらしくつんとしてみせる。

「いいじゃないですか、飲みながらでも」

「俺頭回んないよ」

軽くにらみながら釘を刺すと、

「去年やったことでしょ」

となぜか呆れ返られた。どうにも納得がいかないが、お酒が運ばれてきても、華は課題の内容には全然触れようとせず、

「で、何か面白いことありましたか、合コン」

とまた聞いてきた。

「面白いことは特にないけど……あ、名前を美味しそうって言われた」

「なんですかそれ」

「さく、ってクッキーみたいって」

それを言った女の子の名前を記憶から引っ張り出そうとしたが、もうかけらも思い出せなかった。カクテルやサングリアが多い中で一人ワインを飲んでいたことだけが妙に印象に残っている。

「クッキーって。スイーツ女子ですか」

「何それ」

「かわいい子ぶった感じの」

「いや、そんなこともなかったけど」

「じゃあ天然ですね。一番厄介です」

どちらにせよ華は面白くなさそうだった。

「なんだよ、言われたのお前じゃないだろ」

そうからかって笑ってみたが、華は笑わずに、

「私は先輩の名前好きですよ」

と言った。いきなりそんな風にまっすぐ言われると、少し照れる。赤面しないように平静を装って「そう?」と言ってビールを流し込むと、華が口元をゆるめた。

「漢字とかかっこいいです」

「感想小学生かよ」

会話はそのまま他愛もない話に移行していく。いつもゼミで一緒に作業をすることが多い華との軽口はリラックスできて、先ほどよりもずっと気持ちよくお酒が沁みていくのを感じた。酔いが心地よく、数杯目のビールに手を伸ばす。

「課題やんないの?」

クリアファイルから何か取り出されようという気配すらない。念のため促すと、華は信じられないと言った顔つきになった。

「え、できます?　私もう文字読めませんよ」

いよいよもって意味がわからない。

「お前が言うなよ……。やりたいんじゃなかったの?　そのためにわざわざ来たんだろ」

華は新種の生物でも見るような目を向けてきた。その頰がほんのり赤くなっていて、目元も少しとろんとしているような気がする。

「先輩って思ったより子どもなんですね」

「子どもって」

不服を表そうとするが、言わんとしていることを掴めずにオウム返ししただけになった。

「まあいいです。楽しく飲みましょ」

華は嬉しそうにふふふと笑うと、おかわりを注文した。

「……でも、助かったかも。なんかあんまり後味良くなかったからさ」

感謝すると、華は一層機嫌よくニコニコした。目の前で楽しそうにされると気分がいい。由依にするみたいに頭をぐしゃぐしゃしたくなって、酔ってるなあと自分に笑えてくる。

「何かおかしいんですか」

「うん、ちょっとね」

「変なの」

華は口を尖らせ、むうと不満げにした。

「華に聞きたいんだけどさ、俺ってどんな仕事が向いてると思う？」

普段はこっ恥ずかしくて聞けないことも酔いに任せれば聞けてしまう気がした。華は「えー」と一瞬天を仰ぐと、今度はうーんと首をかしげ、

「補佐官かな」

と頷きながら言った。

「なんだそれ」

なかなか一般の職業ではなさそうな単語に苦笑すると、華は元気よく、

「サバンナ高橋みたいなことですよ」

と人差し指を立てた。突然の具体的な人名に眉をひそめる。

「なおさら意味わからん」

「だからあ……俺についてこい！　ってタイプでもないし、裏から意のままに操ってやるぜってタイプでもないじゃないですか。先輩は、トラブルとかが起きたときに、あーもうって言いながら各所を回って調整していく感じです」

「それ褒めてる？」

華はいひひと面白そうにして、

「どこに行ってもやれるんじゃないですか。カリスマ性はないけど、私は好きですよ」

と言った。どこに行ってもやれる。その言葉がすっと入ってきて、ふわっと心臓に温かい血が通った気がした。にやけそうになって、誤魔化すために憎まれ口を叩く。

「お前に好かれてもね」

「ひどい。なんで私が今日来たと思ってるんですか」

なぜか怒り出す。

「え、なんで？　課題じゃないの？　やってないけど」

「……合コンって聞いたからですよ。先輩やっぱりばかだ」

「ばかとは失礼な」

お酒が回って、目の前で怒っている様子が面白く思えてくる。華はなんども「まあいいですけど」と繰り返した。

＊

閉店だと促されて店から出ると、時計は二十二時過ぎだった。酔いを醒ましながら渋谷まで行こうと歩き出すと、横から「あっ」と聞き慣れた声がして立ち止まった。見ると制服姿の桃果がビルの地下のファーストフード店から出て来たところで、気まずそうに目を泳がせていた。

「……桃果？」

「え？」

横にいた華も一緒に立ち止まる。

朔は血の気が引くように一気に脳から酒が抜けていくのを感じていた。よく見ると、桃果の横には同級生らしきブレザーの男子学生がいる。

「えーっと」

適切な言葉を探して言い淀んでいると、桃果が叫ぶようにして言った。

「お兄ちゃん、女連れ？」

乱暴な言葉の選び方に、思わず「お前なあ」と声が出る。桃果も言ったもののまずかったと思ったのか、横の男子の後ろにそうっと隠れるようにした。

（なるほど夜中までいないのはこれなわけか）

シナプスが繋がるようにピンとくる。さすがに夜遅くまで一人でいるとは思っていなかったが、付き合ってくれる友達がいるのかくらいに考えていた。隠れる桃果の距離感を見るに、どうやらただの友達ではなさそうだった。盾にされた彼は突然の出来事に所在なさそうにして、桃果をちらちらと見ている。気の毒に……と同情しつつ、一度華に向き直った。

「ごめん、妹なんだ。悪いけど、先帰って」

片手を立てて謝ると、空気を読んだ華は「はーい」と言い、

「お疲れさまでした」

と手を振って来た道を去っていった。その後ろ姿を数秒見送ってから彼をちらりと見ると、目が合ってぺこりと小さく頭を下げられる。悪い子ではなさそうだなと思い、後ろにいる桃果に顔を向けた。

「遅い日はこうしてたわけ？」

桃果の目が一瞬揺れたが、すぐに目を伏せて、

「そっちだって女連れじゃん」

と早口に言う。

「お前さ、自分の身を守るために先に攻撃するのはどーかと思うぞ」

大きくため息をつくと、桃果は無言のまま少しずつ彼の後ろから出てきた。そこを見計らって、

「さすがに泊まってないよな？」

と聞くと、桃果は訝しげに眉を寄せ、

「は？　泊まる？」

と不思議そうに聞いて来た。そんな初な状態で……とさすがに呆れてしまう。

「彼氏といるってなると……」

と継《つ》ごうとすると、彼の方が「そういうのはないです、まだ」と言った。「まだ」が正直すぎて苦笑しかけるが、桃果がこの調子だとしばらくかかりそうで、同情するような安心するような妙な気持ちになる。彼はそのまま「野宮《のみや》です」と名乗って再び頭を下げた。

「なんか、ごめんね」

彼氏からしたら帰宅時間をくどくど言う兄なんて面倒だろうなと思い、ちょっと気まずくなる。

するとそこで桃果が、

「もういいでしょ、あっち行ってよ」

と目を合わせずに言ってきた。

「お前……まだフラフラする気なの？」

驚いて二の句が継げない。返事をしない桃果に代わって野宮が、

「もう今日は帰ろ。お兄さんとなら危なくないし」

と言ってくれた。感動すら覚えて野宮を見る。バレー部らしい大きなスポーツバッグを持った優しい顔立ちの青年で、先生受けや親受けもいいタイプに見えた。

（なんか、桃果には勿体無いんじゃないのか？）

目の前の光景だけでも、桃果が甘えっぱなしなのがわかる。高校生なんて、一般的には女子の方がまだまだ精神年齢も高いだろうに、貴重な人材なのかもしれない。なぜうちの妹と……と余計なことを聞きたくなるのを抑え、桃果を引き受けた。

「野宮くんも気をつけてね」

「はい」

はっきりとした口調で頷くと、彼は桃果に一度手を振って、駅に小走りに向かって行った。あっという間に地下に吸い込まれていく。桃果は俯いて地面を見ていた。

「俺たちも帰ろ」

なかなか動こうとしない。もう一度声をかける。

「手、振らなくてよかったの？」

「……いいの」

「ま、俺がいたからやりづらかったんだろうけど、あんま素直じゃないと嫌われるぞ」

「うるさい」

ほら帰るぞ、と呼ぶと、握りしめていた通学鞄をぶつけてくるので預かって肩にかけた。久々に持った教科書の重みがずっしりと食い込む。もっとも、自分はこんな量を持ち歩いてはいなかったけれど。

野宮の向かった出口には行きたくなさそうだったので、予定通り渋谷まで歩いて行くことにする。夜の風が少しずつ冷たくなってきて、酔いが醒めたこともあって鳥肌が立った。つい足を速めるが、ついてこないので後ろを振り返る。

「お前、なんか子どもっぽくなってない？」

「うるさい」

「反抗期かよ……」

「反抗期だもん」

ふー、と大きく息を吐く。朔からこっそりと歩調を合わせた。

「でも、遅くまで男子といるのは、さすがに母さん心配するんじゃないの」

桃果は吐き捨てるように言った。

「困ればいいんだよ」

「困ればいいって……母さん知ってるの？　彼氏のこと」

「知らない」

文離滅裂な言葉に頭が痛くなってきた。お酒はすっかり気配を消しているのに、頭痛はしばらく続きそうだ。

「知らないんじゃ、困らせることもできてないだろ」

桃果の棘を収めようと口調を和らげて言うと、横から消え入るような声が聞こえた。

「……知られるのは知られるので、怖い」

この妹は、本来、清く正しく、真面目で、正義感も強いのだった。それは朔もよくわかっている。今の気持ちを一番持て余しているのは桃果本人に違いなかった。

しょうがないなあ、と苦笑する。

「まったく、ややこしいんだよな」

桃果は不機嫌そうにそばにあった石を蹴り飛ばした。ドラマ化の件を話せる空気では到底なかった。そこに登場した彼氏がいいのか悪いのか、朔は判断できずにいた。あまり強く言うと一層帰ってこなくなる気がする。いい人そうに見えたが、そういうときに彼氏が安心できる拠り所なのか、兄という立場ではよくわからなかった。みんなお前を心配してるんだぞ、と見下ろした桃果のつむじは、小さい頃と同じ模様を描いていた。

あいだの話　1

〈プロデューサーがぜひご挨拶とお話をと言ってまして。急なんですが、週明けいかがですか〉

高橋からメールが届いた翌月曜日、出版社に到着すると、パーテーションで区切られた打ち合わせスペースに通された。数分後に現れたドラマのプロデューサーは、セミロングの髪をきれいに前下がりに揃えた活発そうな女性だった。短めの丈の夏用ジャケットの内側にぱりっとしたシャツを着ている。

「宮下紗子《みやしたさえこ》と申します」

そこまではきりっとしていたのに、次の瞬間、破顔した。

「このシリーズ、大っ好きなんです。だからあの、私、どうしてもドラマ化したくて、これは絶対私がやるんだって思ってたんです、ずっと」

勢いよく言い切ると、照れたように「あっ、ごめんなさい」と苦笑した。笑うと小さく笑窪ができる。その窪みが彼女に残された子どもらしさのように見えてとてもかわいらしかった。

席に着くと差し出された企画書は十数枚ほどのプレゼン資料のプリントで、ページのところどころにこれまでの本で描いてきた三人が並んでいた。表紙の「ドラマ企画」というタイトルの横でも、目を輝かせた三人が吹き出しで「わー、ドラマだって！」と言っている。昨年描いた、かき氷を目にした三人のコマを抜き出してきたようだった。くす、と笑うと、宮下が控えめに頭を下げた。

「ごめんなさい、勝手に使ってしまって」

「はは、かわいいですね。企画書なんですし問題ないですよ」

高橋が横で言う。洋子は少しだけ詰まった喉を開いた。

「すごく嬉しいです、いっぱい探していただいたんですね」

めくるとどのページにも、違う彼らが貼られていた。

「探したというか……私がきゅんとしたところを選びました。むしろいっぱいあって困ったくらいで、自分の中で選挙をして、あ、それでも選べなくて最後は結局三つ貼ったんですよ」

はにかむ彼女の言葉には真実味があった。これが社会人としてのプレゼン力だとするならば恐ろしいなと思うくらい、響いてしまった。少しだけ胸の中に残っていた、描けないのにドラマはやっていいのかな、という思いが煙のようになって消えていく。そこに駄目押しするかのように、彼女は続けた。

「私、今三十歳なんです。微妙な年齢で、同級生は、結婚している人半分、子どもがいる人がその半分って感じです。どこを選んでもいいし、まだ迷っていられる感じの年齢です。普通、子育てコミックエッセイって、同じようにお母さんとなった人が主な読者層なんじゃないかと思うんですけど、なぜか、五、六年前にふと惹かれて読み始めて……。結婚してもしなくてもいいな、って思うのに、読むたび、ああでもやっぱり、こんなふうに子どもたちと過ごしたいなって思うんです。こんなに愛おしい思いを私もしたいなって。あと、きっとこれは読者みんなそうだと思うんですが、あいだ家がもし露頭に迷ったら寄付したいくらい、なんでもするよって言いたいくらい、勝手にファンというか」

そこで一度区切ると、本来の目的を思い出したかのように続けた。

「とにかく、私みたいに未婚でも、子どものかわいさとか、面白さみたいなものや、家族ってものの愉快さが響くし、ほっこりできると思うんです。放送時間は二十三時とちょっと遅めなんですけど、疲れて帰ってきた人も、お母さんも、ふと自分の時間ができたくらいのタイミングで、一日の癒しになって欲しくて。……すみません、一気に。私の思いだけじゃご納得いただけないと思うので、具体的なこともお話ししますね」

彼女の説明に合わせてページをめくりながら、洋子はほとんど夢の中にいるような気持ちだった。もうどんな詳細も関係なく、受けると決めていた。自分のために描き始めた漫画に反応が貰えるようになったときも驚いたけれど、それがこんな形で広がっていることに、久々に感動していた。ドラマがあまり見てもらえなくてもいいと思えるくらい、今もらった言葉に価値があった。ああ、と甘やかな気持ちになる。宝物をいいねと言ってもらえた喜びが、きらきらと胸で輝いていた。

「ドラマは、サクくんたちが、十歳、六歳、一歳から、十一歳、七歳、二歳までの一年くらいを扱いたいと思っています。やっぱりユイちゃんもいるのがいいなというのと、あまり長期間にすると、すみません、ユイちゃん役の子を途中で変えないとさすがにおかしくなってしまうので……。本としては、前々作と、前作からエピソードをピックアップするイメージです」

「はい、大丈夫です」

それから、役者候補、スタッフ候補が紹介されていく。まだ未定な部分も大きいのであくまで候補ですが、と宮下は前置きしたが、洋子は「お任せします」と告げた。

「子役には、まだあまり固まったイメージがない子が多いので、大丈夫かなと思うのですが、サクくん役だけはメインで今人気急上昇中の三崎透《みさきとおる》くんを起用予定です。それから……、ようこさんご本人の役者はどうですか？」

宮下に促され、何人か候補の写真が並んだページを見るが、恥ずかしくてとても長くは見ていられなかった。

「皆さん、綺麗すぎて。わたしに似てる芸能人の方なんて逆にいないですし、こちらもお任せします」

茶目っ気を含めつつ言うと、彼女も嫌味なく笑い、「承知しました」と言った。

取り上げる予定のエピソード一覧のページに差し掛かり、一つ一つを目で追っていると、「ここで少し相談なのですが」と遠慮がちな声が降ってきた。

「一話から七話くらいまでは、ほっこりメインの、原作に準拠した形で制作したいのですが……最後数話については、もしお嫌でなければ、少し大きなエピソードを入れられないかと思っています」

「大きな？」

「『クレヨンしんちゃん』の映画回……まで行くとファンタジーすぎるのですが、えっと、あれです。『帰ってきたドラえもん』。ご覧になったことありますか？」

「はい、随分前ですが」

確か、ドラえもんが未来に帰らねばならなくなり、その別れを描いた感涙必至の回だった。

「ドラマ全体の盛り上がり、まとまりを考えると、少し話を跨ぐような、大きめのお話を入れられたらベストだなと感じています」

ただ褒めるだけではなく、言いづらくとも自分たちの仕事のことを進めようとする彼女は、さっきまでとは違う凛々しい顔をしていた。

「大きな……。例えばどういうものでしょうか」

「大きなと言っても、悲劇でなくていいんです。トトロで靴が池から見つかるシーンがありますけど、あそこまでハラハラしてしまうと、こういうのが見たいんじゃない、となる人もいるかなと思います。でも、そうですね……。ちょっとした挫折とか、長めに続いた喧嘩とか、家族がギクシャクしかけたこととか、ないでしょうか？」

と言ってもダメ元です、原作でそんな感じ全くないですし、と続けた宮下の声はどこか遠くから聞こえた。ギクシャク、と聞いて現在の自分に思考が帰ってくる。それを言うなら今です、なんて言えるはずもない。大体、言ったところでドラマとは年齢が違いすぎるし、テーマでもないのはわかりきっていた。それ以上に、こんなに「かわいい」とまっすぐ言ってくれる人に、知られたくない。

黙っている間、高橋と宮下の会話が耳を通過していく。

「こんな仲良いのすごいなって僕でも思うんですよ」

「本当にそうなんです。うち、一人っ子だったんですけど、母とはしょっちゅう喧嘩してました。女って気が合わないともう合わないというか。でも、お母さんとショッピングとかカフェに行くなんて友達も多くて、羨ましくって。きっとモモちゃんは」

そこで「あっ」と声が出ていた。二人は大してびっくりするでもなく、こちらを見てくれる。

「あの、ちょっと時系列的には先になるんですけど、うち、夫が実は単身赴任になりまして」

夫を便利に使ってしまった小さな罪悪感は折りたたんでしまい込んだ。

「えっ⁉　そうなんですか」

「はい、そうなんです。その辺は、まだ描いてないので、原作と違う！　とかならないと思いますし、多少事実と違ってもいいので、どうでしょうか」

「……いいと思います！　ありがとうございます。じゃあ、最後、お父さんが引っ越してしまうところでまとめさせていただきますね。もう少し進んだら、脚本家を連れてきますので、具体的なエピソードを教えてください」

「はい」

頷きつつ、内心ほっとしていた。桃果とショッピングやカフェ。全く想像がつかない。目の前のきらっとした瞳は、それを想像もしないだろう。

打ち合わせが終わり、立ち上がりかけたときだった。宮下が無邪気に微笑み、尋ねた。

「新刊も、そろそろですか？　毎年冬に出されていますよね」

あ、と言葉に詰まり、高橋を一瞥する。彼は全く動じずに、

「今計画中です。今年はちょっとイレギュラーで、ドラマに間に合うかわからないんですけど」

と言った。こういうところには助けられてばかりいる。そう思ったのも束の間、柔らかな言葉に違和感を持たなかった宮下がまっすぐに言う。

「そうなんですね。ドラマで確認作業などもたくさんお願いしちゃうと思いますし、ご負担もあるかと思うので、ゆっくり楽しみにしてます。次、中学生になったサクくんが見られるの楽しみにしてるんです。やっぱり、中学生ってちょっと違いますか？　成長、楽しみですよね」

その微妙なニュアンスが一瞬頭に引っかかり、あ、と思い至る。彼女はおそらく、今まさに朔は中学生のように思えているのだ。いつのことを描いているかは明記したことがない。最初の頃のブログからのファンであれば、冷静に計算すればわかりそうだが、そこまでする人はなかなかいないだろう。読者にとっては、目の前のものがリアルな手触りに違いない。

そうですね、なんて適当に言ってしまえばよかったのに、とっさに出たのは本当のことだった。

「あの、実はもう、朔はとっくに大学生で」

「えっ⁉⁉」

広い空間に声が響き渡った。隣のパーテーションに人がいたらさぞ驚いたことだろう。

彼女は一度数えるように指を折りかけ、混乱したのかぎゅっと握った。

「えっと、あれ？　そうなんですね。そっか、確かにさっき、単身赴任の時系列がって。漫画は、数年前のことなんですね。入り込んで錯覚しちゃってました」

彼女は一切悪くないのに、しきりに頭を下げる。

「あ、いえ、特にいつのこととかは描いてないので。ゆーっくり描いてたら差がついてしまって」

弱く笑いかけると、宮下はようやく呑みこめてきたのか、小刻みに頷きながら、

「そっか大学生……」

と呟いた。

「じゃあすっかり大人なんですね。全然、想像つかないです。どんな大学生なんですか？」

「ええっ、と……」

どんな。普通の。普通のってなんだ。自分でも解像度が低すぎて声に出すのはためらわれた。

「あんまり遊んだりはしてないと思います。都内の大学に通ってて……」

バイトもしてます。なんて、そんな情報、言っても仕方がない。

「なんか、のらりくらり、というか。うまくやってるんじゃないかと思います。うちでも、細かな

ことに気づいてくれて」

　絞り出すと、宮下は素直に感心してくれた。

「へえええ、さすがお兄ちゃんですね」

　最新刊の十二歳のサクは、素直で、なんでも手伝おうとしてくれる子で、だけどちょっとゆっくりで、テキパキ度でモモに抜かれてなんだかへにゃへにゃしてるように見えているはずだった。思えば、朔が「優しい」以上に「気が利く」になったのはいつからだったのだろう。今のあの飄々とした姿や、潤滑油のような立ち振る舞いを、本人は望んでいるのだろうか。「多分大丈夫な子」という印象でいたけれど、何をもって大丈夫なのか、将来は何をしたいのか、いつまで家にいるのか、何が趣味なのか、ほとんど知らない。少し筋のある細めの腕を思い出す。いつの間にか自分で買っていたリュックを背負う広い肩や、ワックスの付けられた髪も。膨らみはじめた不安をなだめるように、先週もホットミルクを差し出してくれたことを考える。大丈夫。でも、やれやれ、と苦笑した瞳はどんな色だったか——。

　指先がいつの間にか冷え切っていた。

　こっちの様子を知ってか知らずか、宮下がおずおずと聞いてくる。

「そっか……、あの」

「大学生ってなると、ドラマ化、大丈夫でしょうか？　いえ、小学生だったらいいってわけじゃないんですけど、ふと気になって」

ええ、そうですね、ご家族にも確認を取りますので、問題ないと確定したところで正式に進めていただけるとありがたいです。

高橋の言葉が空間にさえ染み込むように聞こえた。

廊下を連れ立って歩き、エレベーターホールに着く。ボタンを押すと、すぐにエレベーターがやってきた。宮下は飛び込むように明るい箱の中に入ると、くるりとこちらを向いて頭を下げた。

「では、よろしくお願いいたします」

「こちらこそ。ありがとうございました」

高橋につられるようにして頭を下げる。閉まっていくドアからの光が細い線になって消えたのを確認しても、洋子は体を起こせないでいた。桃果の反抗期だけが、果たして問題なのか。反抗期はいずれ終わるのだろうけど、そのとき、自分は桃果と笑えるのだろうか。朔は就職したら家を出るのだろうか。思い浮かべた朔がどんな顔でこちらを見るのかわからなかった。ずいぶんと遠くにいるように感じる。

「あいださん」

声をかけられて、ハッとする。

「何かご不明点ありましたか」

「いえ、大丈夫です」

「それから、モモちゃんですが」

ドラマ化のことを話せそうか、と高橋の目が問うていた。

「……話してみます。まさか、気づいたら放送されてるってわけにはいかないですし……」

ひょっとしたらという逃げ道は、口にしてみるとありえないとわかってしまい、尻すぼみになった。資料の表紙で「ドラマだって！」と目を輝かせる三人からそっと目をそらす。どこかで話さないといけない。漫画を描くという長年やってきたことすらできずにいるのに、新たな爆弾を投下するようなことが自分にできるのか、自信は全くなかった。全員を食卓に呼び出して？　もしくは、一人ずつ。ならば、やっぱり、朔からだろうか。

途方に暮れていると、ポーン、とエレベーターのランプが再び光った。

「何かあれば、すぐご連絡ください」

高橋に軽く頭を下げて、洋子は閉じるボタンをゆっくりと押した。

第三話　姉・桃果の場合

駅前のファミレスで、桃果は恋人の野宮勇人《ゆうと》とぐだぐだと喋っていた。

「うーん……」

店内には妙に白い蛍光灯が遠慮なく光っている。

何回めかでドリンクバーのおかわりにも飽き、氷だけが残るグラスが二つ置かれていた。

今日クラスであったこと、授業で当てられて焦ったこと。勇人は、どんな小さな話題にも穏やかに相槌を打ってくれる。

アプリの通知が来てスマホの画面が明るくなると、デジタル時計が二十時を示していた。桃果が画面を見たのを察すると、勇人が聞く。

「帰る?」

勇人の声はどんなニュアンスも含んでいなくて、それが桃果をほっとさせる。急かすわけでもなく、勧めるふうでもない。ただの一つの選択肢として、ぽんと置くかのように、短い言葉を言ってくれる。

桃果は首をふるふると振り、テーブルに突っ伏した。

「まだ帰りたくない」

「そう？　俺はいいけど」

勇人と付き合い出したのは三ヶ月ほど前だった。夏の大会を前に部活で遅くまで練習する時期が重なって、よく帰り道に遭遇するようになった。

テニス部が活動する校庭から、体育館で練習するバレー部がたまにちらっと見える。気づけば、無意識にその入り口を見るようになっていた。体育館のそばまで球拾いに行ったとき、ボールを持ったままそうっと中を覗いていたら、気づいた勇人が寄ってきて、そこから喋るようになったのだ。

まさか付き合うことになるとは思っていなかったから、桃果は今でも不思議な心地だった。初めての彼氏だ。彼氏の前だと、自分が自分の思っている姿でいられないことも初めてわかった。こんなにわがまま言うはずじゃなかったのにな。そう反省するが、いつも気づけば甘えている。

「せっかくレギュラー取ったんだからさ、やっぱり言ってみようよ」

勇人が突っ伏したままの桃果の頭にぽんと手を置いた。髪の上から伝わる大きな手のひらの温かさが心地いい。

「うん……」

他の人に触られると嫌なのに、好きな人って不思議だ。じんわりと伝わってくる優しさに、自分の迷いもほどけるような気がしてくる。

「言わないと、後悔するんじゃない？」

週末に迫った部活の大会に母を誘いあぐね、この数日ずっとうだうだと悩んでいるのだった。

「そうだよね」

「うん」

「でも、この間気持ち悪いって言ったばかりで、勇気出ない」

勇人が吹き出したのがわかって顔を上げると、くっくっと笑っている。笑うと目尻にキュッとしわができてかわいい。

「笑うところ？」

「気持ち悪いって、すごい直接的な単語だなあと思って。桃果の学校のイメージとは違うから」

多分、学校ではそれなりに優等生でおとなしい性格に見られているはずだった。

「そのくらい、私も言うよ」

「意外だっただけだよ」

勇人はおかしそうにしている。ちょっと恥ずかしくなって、

「勇人は反抗期はないの？　家の壁に穴開けたとか、よく聞くじゃん」

と言うと、彼は余計に大きく笑った。

「まあ、家ではあんま喋んないよ。壁殴ったりはしないけど、結構無視しちゃうかな」

なんだ、おんなじじゃん、と拗ねる。

「おんなじおんなじ」

余裕そうに言われると、悔しいようなくすぐったいような気がした。

「でも、今回初めて、やっとレギュラー取れたんだからさ。みんな結構応援に来るんでしょ？　言わなかったら当日、落ち込んじゃうかもよ。俺はこっそり行くからさ」

「こっそり？」

「お母さんにバレるのは恥ずかしいじゃん」

「こないだお兄ちゃんにバレたけどね」

あー、と頭を掻く。

「お兄さん、お母さんに言ったかな？」

「言ってないと思う」

あの兄のことだから、それはないはずだった。そういう空気の読めないことはしないのだ。

「じゃ、やっぱり、こっそり遠くから見てるよ」

「……勝てるかな」

「勝てなくても、お母さんはがっかりしないって」

優しい。好き。心の中でそう言ってみる。勇人は桃果が納得したのを見ると、

「決心鈍らないうちに帰ろ」

と言って促した。

お会計をして、駅の改札をくぐると、ホームは別々だった。分岐地点でバイバイと手を振って別れる。階段を上って向かい側のホームを見ると、同じくらいの位置に勇人がいた。小さく手を振ると、振り返してくれる。こういう時間だけが、唯一素直になれるときだった。

目の前の線路にほぼ同時に音を立てて電車が滑り込んでくる。桃果は乗れる電車だが、反対側は通過だった。乗り込んで奥側のドアに駆け寄り、反対側のホームを見通そうとするが、轟々《ごうごう》と通過する電車が速くて邪魔になり、向こうまでは見えなかった。

残念に思っているうちに、桃果の電車が動き出す。あっという間に勇人がいたあたりが遠くなっていき、諦めて桃果は席に座った。鞄の中にプリントが入っていることをちらりと確認する。今日こそこれを出そう、と心の中で何度か唱えた。

*

帰宅すると、兄の朔がテレビを見ながらビールを飲んでいた。

「お、早いじゃん」

早く帰ったら帰ったで何か言われるのかとうざったく感じて無言でにらみつけると、

「おー、こわ」

と肩をすくめてテレビに視線を戻した。部屋で着替えて、プリントだけを持ってリビングに戻る。母の姿は見えなかった。

「お母さんは？」

「お風呂」

　耳をすますとシャワーの音がした。出鼻をくじかれた気がするが、誰かが悪いわけではない。椅子を引いて座り、プリントを何度も繰り返し読んだ。大会への参加費を当日持っていかないといけない。そのことをメインにして、「来れる？」と聞けばいいのだ。シミュレーションしていると、かちゃっと音がしてドアが開き、部屋着になった母が髪を乾かしながら入ってきた。

「あ、桃果」

　珍しく早く家に帰っていたからか、驚いた声を出されたことにその瞬間イラつきそうになって、必死に抑え込んだ。椅子から立ち上がりながらぶっきらぼうに「ただいま」と言うと、机にプリントを叩きつける。一瞬、大丈夫、と言ってくれた勇人の顔がちらつく。こんなはずじゃなかったけど、止まらない。

「今週末、部活の大会だから。参加費かかるからちょうだい。あと、みんな親も見に来るから」

　家にいるだけでなんでこんなにイライラするんだろう。母親が少しひるんだ感じもその気分に拍車をかけた。これ以上余計なことを言う前に、とプリントを置き去りにして背を向けた。

「じゃあシャワー浴びるから」

　視界の端に、テレビから目を離して呆れ顔で様子を見ている朔が見えたが、無視してシャワールームへと向かった。

そのまますぐに服を脱ぎ始める気にはなれなくて、閉じた扉に寄りかかって暗い息をつく。

「おかしいな」

心臓が嫌な感じにばくばくと鳴っていた。こんなの、勇人に報告できない。それを思うと情けなくて泣きそうになる。

そこへ、コンコンと背中に振動が走った。

「ちょっといい？」

小声で聞こえたのは朔の声だった。きい、と五センチほどドアを開けて、背の高い兄を見上げる。リビングと廊下を隔てるドアは閉まっているようで、テレビの音がくぐもって聞こえた。廊下の静けさが際立っている。母に聞こえるかどうかを気にする自分への自然な気遣いだとわかり、なんとなく余計に腹立たしい気持ちになった。

「何」

「お前、感じ悪すぎるよ」

「……わかってるよ」

そう声を低くすると、朔はやれやれと「まあ、だろうけど、一応ね」と言った。本人が思っている以上にマメすぎるのだ。

「もう脱ぎたいんだけど」

追い出そうとしてそう言うと、はいはい、とドアが閉じられる。ドア越しに、

「母さん行けるってよ」

と声がした。ふわっと嬉しい気持ちが高まるが、それを悟られるのも癪だった。

「ふーん」

そう言って、勢いよく上着を脱ぎ始める。朔がドアの前から去って行く足音が聞こえて、ひとりで小さく微笑んだ。

＊

報告すると、勇人はパッと顔を輝かせ、

「やったじゃん！」

と自分のことのように喜んでくれた。大きな声を出したことに気づき、慌ててお互い「しー」と人差し指を立てる。周りをきょろきょろと見回すが、怒っている人はいなさそうだった。この日はファミレスではなく、図書館にいた。勉強に真面目な桃果に付き合って、勇人も一緒に勉強してくれる。

ぶっきらぼうな言い方をしたことはなんとなく伏せてしまったけれど、今はとにかく褒めてもらえて嬉しかった。ようやく頑張ってよかったと思えた気がする。しばらく上機嫌に参考書をめくっていると、やがて閉館のチャイムが鳴った。オルゴールの音色の蛍の光が急かしてくる。

鞄に筆箱を詰めながら、

「今日はこのまま帰る？」

と勇人が聞いた。

うーん、と思案する桃果を見て、不思議そうにする。

「帰りづらい？」

お母さん来てくれるんでしょ、という空気を言外に感じる。少し迷って、

「うん……、家にいるのは、やっぱり、気まずい、かな」

と俯くと、勇人はあっさりと、

「じゃあもう少し一緒にいようか」

と言ってくれた。こくりと頷き、ドーナツショップへと向かう。

「桃果、そんなんで休日はどうしてるの？」

「自分の部屋にこもってるか……図書館にいるよ。でも、図書館は休日は早く閉まるから困るんだよね」

実際、五時に行き場がなくなると、しばらくファッションビルなんかをぐるぐるしてしまったりする。お金もないし、一人でカフェなどに行くのはハードルが高かった。

「じゃあさ」

勇人の声が堅い気がしてふと顔を上げると、目が合う。その瞬間、本当に少しだけ瞳が揺れた気がした。

「俺ん家、来る？　今度」

「え？」

「うち、共働きで、土日もいないことが多いからさ」

「そ、そうなんだ」

勇人の緊張が伝わったかのように、桃果も緊張していた。唾がうまく飲み込めない。

「いつ来てもらっても大丈夫だから」

気づけば駅のすぐ目の前まで来ていた。駅の斜め向かいがドーナツショップだ。道路を渡ろうと軌道を変えようとする勇人を制し、桃果は早口で喋っていた。

「あ、ありがとう、考える！　やっぱり今日は帰るね」

「あ、桃果」

勇人がびっくりしていて申し訳なく感じるが、このあとドーナツショップに入ってもずっと戸惑ってしまいそうだった。

「ごめん！」

頭を一瞬下げ、その場から走り去って、改札に駆け込む。勢いのままホームまでの階段も駆け上がり、ちょうど来た電車に滑り込んだ。空いていた席に座った後も、心臓だけが走り続けていて、息が苦しかった。

そもそも、と恨めしく兄の顔を思い浮かべる。朔がこの間「泊まったか」なんて聞くから、うっかり調べてしまったのだ。全く触れてこなかった自分も幼すぎた気もするが、その機会もなければ、知らなかったゆえに関心も持っていなかった。調べて出てきた画面は衝撃的で、ついスマホの電源を消して、慌ててもう一度つけ、ブラウザのウインドウを全部消して履歴も全て消去した。自分に訪れることとしては全く想像ができなかった。

「む、無理」

改めて思い出し、電車の中で一人気まずくなる。お兄ちゃんが余計なことを言うから。腹を立てていて、はたと思い至った。お兄ちゃんは普通に知ってるんだ。無言のまま、心の中だけで足をばたつかせた。大学生には普通のことなのかもしれないが、しばらく顔を見たくなかった。

＊

金曜日。まるで願いが通じたかのように、朔がゼミ旅行に出かけてしまった。たった三日だが、いなければいないで、余計に家の中での気まずさが増した気がした。由依とは微妙な年齢差のせいか、そこまで共通の話題がなく、あまり一緒に何かをするということがなかった。唯一家の中で壁なく話せるのは朔だけだったことに気づき、居心地が悪くなる。

(私が悪いってことなのかな)

もっと世の中の家族は仲がいいのではないか。お母さんとショッピングに行くなんて話もよく聞く。だが、想像しようとしても、全く映像が浮かばなかった。

母は多分、今の自分の好きなものなんて知らない。誕生日プレゼントだって、中学生のときに子どもっぽいアクセサリーを買ってきたことに怒ったら、去年は図書カードだった。

いつまでも小学生だと思わないでよ、と言ったときの母の顔は忘れられない。あのときは、ここで言わないとわかってもらえない、という思いだった。幼くかわいかった自分を愛してくれているのは嬉しかったけれど、だんだんとギャップを感じるようになっていた。一度言えば多分、お母さんは気づいてくれる。そう信じていたけれど、彼女は戸惑ったように目を見開いて、「ごめんね」とだけ言った。

お母さん、言いすぎた、ごめんね。そう言おうとしてその晩仕事部屋を覗くと、母は昔の写真を愛しそうにめくっていた。音を立てないようにドアを閉じて、部屋で一人になったら猛烈に悲しくなってしまった。この頃から、小さなことにももやもやするようになっていった。

それでも――。それでも、母のことを嫌いになったわけじゃなかった。だって、母の自慢の子どもであることは、愛しい愛しい宝物であることは、ずっと浸ってきた幸せだったのだから。年齢を重ねて、いろんな子がいることを知れば知るほど、真っ直ぐに愛されていることはありがたいことなのもわかっていた。

しばらく見て見ぬふりをしていた違和感や悲しみが限界を迎えたのは、夏前の中間試験のときだった。これまでと同じように毎日コツコツと勉強し、自分でも満足のいく手応えを得て帰ってきたテスト最終日、母は夕飯を食べ終わって部屋に戻る自分に、

「テスト勉強もいいけど、勉強しすぎるとしょっちゅう熱出すんだから程々にね」

と言った。全身が強張って、びいんと筋肉が固まる感触がした。テストが終わった高揚と解放感は一瞬で霧散していった。

ああ、この人は全くわかっていないのだ、とわかってしまった。わかったら鼻先がつんと痛んだ。もう熱なんて何年も出していないよ。せいぜい、小学生くらいまでだよ。大体、テストは今日終わったんだよ。テスト当日だからこんなに早く帰ってきてるんだよ。

ふつふつと怒りが湧いてきた。でも、その場では何も言えなかった。……意味がないから。あれから、あらゆることが許せなくなって、それを不機嫌でしか表せなくなってしまった。

思い出しながら、部屋でイヤホンをして大音量で音楽を聴く。前向きに集中したいときは決まって『華麗なる大円舞曲』。それから、最近加わった流行の『ラ・ラ・ランド』のサウンドトラック。無心で参考書をめくった。成績を落としたことはない。すらすらとペンを走らせていき、難しい問題に当たる。どこかでホッとする自分がいた。解答を探すことに没頭していれば、厄介な自分を忘れられるから。


ついこの間、勇人といるところを見つかった帰り道。横断歩道を渡って大通りから静かな坂道に入ると、朔が不思議そうな顔をして聞いて来た。

「お前、外ほっつき歩いてるくせに行き先で勉強してるなんて変なやつだなあ」

確かに、一般的な不良は遊び歩いているのだろう。桃果は吐き捨てるように言った。

「親にほっとかれても立派に育つって証明してやるの」

いつかあんたのおかげじゃないって言ってやる。朔は目を丸くして、

「どこまでも真面目だなあ」

と苦笑した。疲れそう、と素直すぎる言葉を続ける。兄の朔はどこにも所属しないような空気で、よくもなく悪くもなく、目立つことなく、なんとなく全員の味方でいるような要領のいいタイプだった。桃果にはその器用さの方が難しく思えた。

「お兄ちゃんは器用にやってるじゃん」

少し皮肉っぽい言い方になる。本人は、持たされている桃果のスクールバッグを持ち直すと、

「それが一番省エネじゃん。お前の全身から出てるエネルギーはすごいと思うよ」

と言った。エネルギーって、何それ。今持て余しているこれのことなのだろうか。そう考えると、自分で制御できない苛立ちや焦りがもやっとした空気として具現化して重たい手触りになっているような気がした。

「なんだかんだお前が、一番誠実なんじゃないかと思うけどね。心配性だし」

「心配？　した覚えないけど」

「本当にグレたりして、もしよくないことが起きたら母さんの作家生活がどうなるのかとか、作品が描きづらくなるんじゃないかとか、そういう遠慮だよ」

「そんなこと、考えたことないよ」

食い気味に反論すると、兄は口の端を片方だけ引き上げるように笑う。「嘘だな」と桃果を見下ろした。

「染み付いてるんだよ、なんだかんださ。お前の抵抗って、全然派手じゃないもん」

「優等生やってきたから、勇気が出ないだけ」

電灯の光しか見えない夜空を見上げ、朔はぼやいた。

「俺は違うんだよ。面倒だから余計なこと考えないだけ」

その横顔は穏やかで、何も読み取れなかった。ふーん、とだけ言って空間を埋めると、さして気にするふうでもなく、朔は歩き続けた。

あのときの言葉は、もう一度なぞってみると、なんとなくわかる気がした。でも、そうしてことを荒立てないために緩衝材になってくれる朔がいるから、桃果は苛立ちを表に出せているのだ。

そう言えばよかったな。もう一度話しても絶対に言えないけど。

参考書を閉じて、飲み物を取りに立ち上がる。早くお酒を飲めるようになりたいな、と思った。こういうとき、大人はお酒の力を借りているのだろうから。

＊

電気のついていない廊下に出ると、洋子の仕事部屋のドアの隙間から、明かりが漏れていた。どうやら仕事中らしい。それを横目に、台所へと向かう。ガラスのコップを取り出してほうじ茶を注ごうとして、手を止めた。

はああ、と一人で大げさなため息をつき、もう一度冷蔵庫を開けて牛乳に持ち替える。ガラスのコップもやめて、マグカップを二つ取り出した。

こういうとき、朔がホットミルクを出しているのは知っていた。

「旅行とか、ほんと迷惑」

独り言に応答はなく、電子レンジのブオーンという機械音だけがする。キッチン中の棚のドアを開け、お盆を探す。普段使わないものの場所がわからなかった。なかなか見つからずイライラしていると温め完了の音が鳴る。取り出して両手にカップを一つずつ持ち、廊下を歩きかけたが、部屋に運んで声をかけることを想像すると、どうにも気持ち悪い。

「無理、やめよう」

片方をリビングのテーブルに置いて、自分の分だけを持ったまま廊下を進んだ。母の仕事部屋をノックし、間髪いれずに閉じたままの扉に向かって声を張る。

「牛乳飲みたかったらリビングにあるから！」

え？　と戸惑う母の声が聞こえるが、反応を待たずに自分の部屋に戻った。後ろ手に強くノブを引いてドアを閉め、ベッドに座り、ちびちびとミルクを飲んで気持ちを落ち着かせる。

耳が勝手に研ぎ澄まされて、母の動きの音を追おうとしてしまう。どきどきしていた。ここで

「まあいいや」となってしまったら。明日の朝、リビングにカップに入ったままの牛乳があったら。そう思うと怖かった。それならばもっと優しい渡し方をすればいいのに、それはできないのだから自分でも矛盾していると思う。

不安を慰めるように、廊下の向かい側のドアが開き、母がリビングに向かう足音がした。ほっとして、ようやくミルクを大きく口に含むと、思わぬ熱さに慌てる。口を開けてしまわないように必死で我慢しながら冷まし、ごくりと飲み込んだ。そういえば、お砂糖を入れるのを忘れた。甘くしたかったが、今リビングに行けば母に会ってしまう。諦めて飲み干そうとしたとき、部屋がノックされた。

「桃果、ありがとう」

母の声だった。

数秒迷い、大きめに声を出す。

「別に」

母はしばらくドアの前にいたようだったが、やがてパタンと自分の部屋に戻っていく音がした。兄と比べて何もできない、気が利かないと思われるのも癪だという一心だったが、思いの外優しい行為のようになってしまって気恥ずかしかった。

明日は大会だ。早く寝よう。

そう決めると、歯を磨きに洗面所へと向かった。

＊

よく晴れた暑い日になった。

残暑の中の試合会場は活気で溢れていた。テニスウェアに着替えて集合し、部活仲間達とウォーミングアップをする。

コート脇の観客も多かった。部活も文化祭も活気のある学校で、部活動同士、応援で行き来することも多い。今回はかわいい子が多いと言われている高校との試合ということもあって、野次馬まで集まっていた。

コートの端に勇人の姿を見つけ、小さく手を振る。こちらに気づいた勇人が振り返してくれて、その横にいたクラスメイトに肘でつつかれていた。からかわれているらしい。恥ずかしくなって桃果はパッと顔を背けた。こういうとき、「うるさいよ！」なんて男子に向かっていける女子もいるが、学校では大人しく控えめな優等生でいる桃果には難しかった。

仲間が試合をしている間、ベンチでサポートしたり応援したりしながら、母の姿を探す。だが、洋子は一向に現れなかった。最初は遅れているだけかと思っていたが、そのまま一試合目が訪れてしまった。

ボールを追いかけ、打ち返し、試合が進んでいく。必死に球の行く先を追っているときは頭から抜けていたが、点数が入ってから次のサーブへの間など、ほんのすこしの間が空くと、自分の目が期待を持って観客の中の知った影を探していた。

五ポイント入っても、六ポイント入っても、抜かされても、また抜いても、母は姿を見せなかった。

審判のコールで試合が終わる。

初めてレギュラーとして出た試合は、自分でも不思議なことに勝利で終わった。額の汗をぬぐいながらコートを出て荷物から携帯を取り出すと、勇人が横に来ていた。

「おめでとう」

ありがとう、と言いつつ着信を見るが、アプリの通知以外は来ていなかった。不安と苛立ちが頭をもたげる。

「桃果、ここで一旦休憩だよね？　お昼食べよう」

各々、試合がないタイミングで食事をとることになっていた。すぐには返事ができず、桃果は曇った顔を勇人に向けた。普段からお弁当の高校で、多くの部活仲間はお弁当を持参していた。今日、桃果は何も持っていない。朝、あの人が後から持っていくと言ったから。

そこで、握りしめていた携帯が震えた。見ると、

〈どうしても急用で行けなくなりました、ごめんなさい〉

という母からの短いメッセージだった。途端、殴られたように脳が揺れて、目頭が燃えるように熱くなる。唇をきゅっと引き結んだ桃果を見て、勇人がその手を取った。

「コンビニ行こうよ。俺も何も持ってないからさ」

頷き、歩き出してからお財布を持っていないことに気づいて立ち止まる。

「あ、私、お金」

いいよ、と勇人が手を引いてくれて、ようやく繋がれていたことに気がつき、パッと振り払った。

顔が真っ赤になる。

「わ、私いま、汗すごいから」

勇人は人懐っこい笑顔を見せ、

「運動したんだから当たり前でしょ」

ともう一度手を取った。連れられてコンビニに着くと、好きなものを奢ると言ってくれる。おにぎりを選び、二人で食べようとチョコレート菓子も買った。

木陰に腰を下ろして一緒におにぎりを食べながら、さりげなく勇人が口を開いた。

「お母さん、来れなかったんだ」

「うん」

言いながら、声のトーンが落ちてしまうのを感じた。

「もう高校生だっていうのに、そんなことでって感じだよね」

自分でも子どもっぽくて悲しくなる。勇人は否定せずに、

「確かに、俺なんかはもうむしろ、来んなよ！　って感じかも」

と笑った。きっとそうなっていくのが自然なのだろう。

「まあでも、人それぞれだよ」

桃果は勇人をまじまじと見つめた。

「どうした？」

あまりにもじっと見つめられて困惑しているようで、ぱちっと瞬きする。

「なんか、人徳者すぎて怖くなった」

勇人は一瞬固まると、ぷはっと吹き出して、

「かっこつけてるんだよ」

と照れたように顔をしかめた。

＊

次の試合は負けた。部活仲間と帰りながら、家が近づくにつれ、桃果は気持ちが沈むのを感じていた。家に着いて玄関を開けると、ちょうど廊下に由依がいた。

「あ、おかえり」

由依はぎくりとしたように体の動きを止めたが、すぐに動き出して、さっとリビングへ行った。

違和感を感じて追いかけるようにそのままリビングへ向かうと、由依がテーブルに置かれていた書類を集めているところだった。

「何？　それ」

「なんでもないよ」

自分でも思ったより棘のある声が出て驚いたが、いつも落ち着いている妹は静かに答えた。そこへ、洗面所で手を洗う音がして、お手洗いに行っていたらしい母がリビングへやって来て、桃果を見ると歩みを止めた。

「あ、桃果」

由依がちらりと母に目をやったのを見て、何かを隠されている空気を感じる。今日ごめんね、と口を開きかけた母を無視し、桃果は由依が胸に押さえて持っていた書類に手を伸ばした。

「だめっ」

由依が抵抗しようとして身をすくめる。自分が乱暴しているみたいで一瞬怯むが、紙を掴んだ。何枚かはその拍子に床に落ちる。二枚ほどを掴むことに成功すると、そのまま奪い取り、めくって表面を見た。

サク役、と書かれたヘッダの下に、笑う子供の全身写真があり、プロフィールが載っている。サク、役。背筋が冷えていく感じがした。

「由依、これ何？」

由依は落ちた紙を拾い集めていた。母が割って入り、

「桃果、これは」

と言いながら由依をかばうように立った。その構図が無性に腹立たしくて、体がぶるぶると震える。

「何それ?」

「話すから」

今にも殴りかかりそうなくらい、熱い。大声でわめいてしまいたかった。どうやら何かを知っていた妹と、その妹を守ろうとしている母親。何も知らない自分。守られなかった約束。母親に向けて絞り出した声が揺れる。

「どうして、」

自分の声以外は何の音も聞こえなかった。

「どうして、今日来なかったの?」

泣きたいのに涙は出なかった。怯えたような顔の洋子をぼうっと見つめる。固まった空気が居心地が悪く、すぐに視線を外してふらりとソファに座った。頭上の少し後ろから由依の声がする。

「お姉ちゃん、あのね」

なんであんたが喋るのよ。そう言いそうになり、口をつぐむ。無垢な高い声が余計に桃果をいらつかせた。洋子が由依を制し、口を開く。

「ごめん、桃果。今日行けなかったのは、急遽仕事の打ち合わせが入ったからで」

自信のなさそうな声音だった。無言でいると、戸惑ったように続ける。

「その打ち合わせなんだけど、実は、ドラマ化の話が来ていて」

ドラマ化。「役」というワードでなんとなく予想できてはいたが、本当に耳にすると妙に浮世離れした言葉に聞こえた。驚いていないわけではなかったけれど、「へえ、それで?」なんて話に乗る気分には到底なれず、そのまま沈黙する。

はー、と由依の小さなため息が聞こえた。困ったようにされると、こちらが困らせているみたいになる。

私のせいなの?

そう思うとまたむかついて、桃果は全てを振り切るように立ち上がった。

「いいよ。来れなかったのはもう変わらない事実なんだし」

そう言い捨て、カバンを拾い上げて自室へ向かう。スマホの画面がついていて、見ると、勇人から〈おつかれさま〉と連絡が来ていた。ごめんね、とそっと画面を消す。今は優しく返事ができない。

ドアを閉めようとすると、後ろから由依が追いかけてきていた。

「お姉ちゃん」

振り返る。まだ小学生の妹は、向き合うと小さく、あまり冷たくするのは罪悪感を覚えた。精一杯踏みとどまって、

「何?」

と言うと、由依はまっすぐにこちらを見たまま訴えた。

「お母さん、今日話そうとしてたんだよ」

その必死な様子に、罪悪感よりも意地悪な気持ちが勝ってしまい、つい口をついて言葉が出た。

「由依は嫌じゃないわけ？　あんたなんか、作品に描くために生まれたんじゃないの？」

言いすぎているとわかっていても、もう引っ込められなかった。自分を正当化するように、一層強く由依をにらみつけると、由依は少しだけ口角を上げ、落ち着いた澄んだ声で告げた。

「そうだと思うよ」

だったらなんで、と言いかけ、怖くなって言葉を変えた。

「変なの」

逃げるように部屋に入り、ドアを閉める。傷つけた。そう思うのに、平然としていた妹の顔が頭を離れなかった。ごめん、さっきのは。そう言おうかとドアを振り返るが、リビングの方から母と由依の話し声が聞こえ、その場にずるずると座り込んだ。制服がくしゃりとしわになる。誰かに助けを求めたい気がして携帯に触れて、すぐにやめた。誰かに話して慰められたとしても、意味がない。自分が悪いことはわかっていた。

電気をつけていない部屋は、八方塞がりな自分の立ち位置のように見えた。夜を迎えようとする暗闇の中で、桃果はぎゅうと自分を抱きしめた。

最悪なことになった、と思った。

また話してみようよ、と言って由依が自室に戻ってしまってから、家はしんと静まり返っていた。洋子は一人、仕事部屋でそっとドラマの資料をめくった。

ドラマは何かのきっかけになりますよ、という言葉を、思ったよりも信じていた自分に気づく。ドラマになって、第一回目の放送がやってきて、それをなんとなくみんなで集まって見れば、「うわー、懐かしい」なんて言い合って、あの楽しかったときが戻ってくるような気がしていた。朔はちょっと照れてぶっきらぼうかもしれない。由依はきっとワクワクして前に乗り出している。桃果だって、あの頃みたいにきらっと目を輝かせてくれるかもしれない、なんて。そんな甘い想像がどこかにあったのだとわかってしまった。

だけど、そもそもそんな想像は、ドラマ化の話を伝えることもできない自分には、訪れようもないのだ。

せっかく朔が桃果に話してくれると言っていたのに、その機会を潰すように最悪なバレ方をしてしまった。なんで来なかったの、という震えた声を思い出す。仕事だから、は嘘だ。どこかで、このまま試合に行って気まずい空気になるよりも、今は二度目の打ち合わせに行って、「素敵なドラマになるんだよ」と伝えられるようにする方が、桃果も喜ぶのではないかという気がしていたのだ。それならば、また宮下プロデューサーに会って嬉しい気持ちになって臨みたかったし、脚本の話を進めてもっと具体的な形になった方が――、なんて、たくさんの甘すぎる計算が渦巻いて、しかもそれを全部、知らないふりをしていた。

もし、ドラマ化がきっかけになってちょっと団欒できたりなんかしたら、自分はまた安心して、純粋な気持ちで続きを思い出して新刊を描けるのではないかということをいつの間にか一縷の望みにしていた。

もう、描けないのだろうか。二度と。

自分を支えてきたものが崩れていくようで心細かった。あの頃、かわいくて大好きな子どもたちが目の前にいたのは事実なのに、その続きの未来に今があると思うと、いつの間にか目を数え違えていた編み物みたいに戸惑ってしまう。いつからこうなったのかもわからなければ、間違えていた自覚もない。そうしたら、過去のどこかの時点から、自分が見逃したままの彼らを描いていることになるのかもしれない。考えただけで、忍び寄るような不安に襲われた。どんな瞬間も見逃したくなくて描き続けていたのに、当の子どもたちが「お母さんわかってないよね」と笑っていたら。

それに――もし、不安に目を瞑って続けたとして、現在まで追いついてしまったら描けるとは思えなかった。まさか「かわいかった子どもたちも……」なんて描くわけにいかない。だけど、反抗期なんて、ちっともかわいく――。

どくんと心臓が跳ねて、その先を捉えそうになった脳を停止させた。

ちっとも？

からからに乾いたのどを鳴らし、無理やり潤す。

ゆっくりと立ち上がり、キッチンに向かった。とりあえず水を一杯飲んだあと、自分でホットミルクを作る。白い蛍光灯のキッチンで、オレンジの弱い光の中をターンテーブルが回っていた。昨日は、めずらしく桃果が持ってきてくれたホットミルク。ちっとも、なんて、そんなこと。あるわけない。砂糖が入っていなくても、確かに嬉しかった。なんだかんだ言っても優しい子なのだ。でも、あのときのドア越しのお礼は伝わったのかどうかわからなくて、もやっとしたものが胸に残ったのも事実だった。こっちをにらんだ目を思い出す。一方、きっちりと着こなした制服や、真面目さを証明する上位の成績。でも、試合のプリントは乱暴に突きつけられて――。

散らばって見える断片がくっつかない。どんな大学生なんですか、と宮下に聞かれたときのことを思い出す。桃果だけじゃない。朔のことだって、大学生どころか、中学生の頃のエピソードが怪しかったのだ。

開扉《かいひ》を急かす電子レンジの音にハッとして、慌ててマグカップを取り出す。

口をつけると、鈍く揺れた牛乳の表面が、しわになって唇に触れた。

第四話　妹・由依の場合

ピアノを練習しながら、あまり上手くならないのももっともだなあ、と思う。由依はあまりピアノに関心がなかった。一応、セオリー通りに曲をこなしてきたけれど、その楽しさや美しさを根本的に理解したことはなかった気がする。音楽も、本当はもっとシャープなものが好きだ。自分の部屋にいるときは、洋楽やクラブミュージックみたいなものをよく聴いていた。でも、どうやら求められていることと違うから、それはこっそりと一人の趣味にする。幸い、自由に使えるタブレットを用意してもらっているから、動画は見放題だった。

習い事をするなら、本当は英語がやりたかった。海外に行くのは楽しそうだし、配信なんかでは、英語ができるとよりたくさんの人のコメントがもらえる。一回小学校の友達とこっそり踊ってみた動画をあげたら、英語のコメントが来て、意味がわからなくて困ったのだ。でも、その未知の感じにドキドキした。

それでも、英語がやりたいと言ったことはないし、ピアノに興味がないと言ったこともない。ピアノを弾くのは使命のようなものだった。

物心ついた頃から、自分のことが本に描かれるのが普通だった。それは同級生を見てもなかなかないことらしいけど、友達ができるよりも前から当たり前の日常だったので、いいとも悪いとも思わなかった。だけど、自分の反応の後、母親がメモをしたりするのを見て、今のはお母さんにとってよかったらしい、と思うようにはなっていた。

気がついたら、姉の桃果がずいぶんとげとげした態度で反抗するようになっていた。描くために監視されているみたいで嫌なのかと思ったら、どうやら少し違うらしい。同じ姉妹でもずいぶん違う。子どもながらにハラハラしてしまうことも多かった。

お兄ちゃんは苦労人だなあとは思うけど、飄々としているから大丈夫だ。お父さんはあまり家には来なくて会わないけれど、お兄ちゃんがいれば大丈夫。由依は朔には遠慮なく甘えていた。どうやら朔曰く、自分は「ものわかりが良すぎる」らしいけど、そんな風に言ってもらえるなら、もう少し賢くなりたいな、とすら思う。でも、そう言ったら朔はげっそりとして、「いいよそれは……」と呟いていた。

その日は桃果がテニス部の試合で出かけて、母はそれを見に行くためにお弁当を作っていた。由依も、小学校は給食だが、中学からはお弁当だ。嫌いなものが入らなくなるし、ちょっと楽しみにしている。じゅうじゅう、トントンという台所の音を背に、来週に迫ったピアノの発表会のために、繰り返し繰り返し練習する。綺麗な緑の芝生の庭で駆け回って転がる子犬。ショパンがそのイメージだったかは知らないけれど、自分には甘すぎる題材に思えておかしい。たまに同じところでつまづくと、母は不安そうに台所から顔を出すので、大丈夫、とアイコンタクトを送った。

そこへ、母の携帯の着信音が鳴った。くるみ割り人形。桃果が昔ピアノで弾いた曲だった。電話中はピアノの音を鳴らさないように動きを止めていると、はい、はい、と応答する母の声が固まった。

「あ……」

どうやら何かまずいことがあるみたい。

そっと様子を窺う。しばらく迷っていたが、母は意を決したようにこくこくと頷くと、

「すぐに伺います」

と電話を切った。由依はほんのりと不安を覚える。それってお姉ちゃんは？　と探る目で見ていると、母はバタバタと上着を羽織り、バッグを持って玄関へと向かおうとした。

「ごめん、由依、ドラマの打ち合わせが入っちゃって。お留守番しててね」

早口に言うと、そのまま駆け出して行く。

あーあ。

由依は宙を仰ぎ、今日は荒れるかも、と想像した。でも、もうどうしようもない。ピアノのふたをパタリと閉める。練習はおしまいだ。テレビをつけて録画していたドラマを再生する。やっぱり、ピアノが上手くならないわけだ、と思うとおかしくなった。

＊

夕方帰ってきた母は、打ち合わせでもらったらしい洋菓子を由依に出してくれた。一緒にアイスティーを飲みながら、資料を見せてくれる。キャスト候補の紙を見ると、一歳の赤ちゃんの女の子のところに「ユイ役」と書かれていた。

「わたし？」

ふふふ。あまりにかけ離れていて、笑ってしまう。その様子を母は優しい笑顔で見ていた。

「変な気分だよ」

続いて見せてくれた「ようこ役」の女優さんは、たまにテレビで見る人だった。

「似てる？」

うーんどうかな、と言うと、母は「だよねえ」と笑った。女優さんはやっぱり美人だ。お母さんはお母さんで好きだけど、こうして見ると違う人が演じるんだなと実感が湧いた。

由依は飽きずに何度も資料を見比べた。朔はかわいい十歳の男の子だった。こんなにかわいかったらクラスでモテるだろう。

「由依は嫌じゃない？」

ちょっと不安げに母が聞いた。

嫌じゃないよ、と笑ってみせる。事実、嫌ではなかった。母はほっとしたように顔をほころばせた。ゆるんだ頬を見て、今のは正解だった、と思った。その瞬間が由依は好きだった。

＊

帰ってきた桃果は案の定、怒りを全身からみなぎらせて、冷たい空気を出していた。力ずくで資料を奪われそうになったときはちょっと怖かったけれど、よくよく考えたら、あんな風にあからさまに隠したのがまずかった、と頭のどこかで冷静に反省した。

部屋に戻ってしまった桃果を追いかけ、怒りを和らげようとする。普段はこの役回りは朔に任せっきりだけど、今は自分が動かないといけない気がした。

向き合った桃果の目には動揺があった。幼い妹というのは、割と最強なカードなのだ。でも、それが効きづらい相手であることもわかっていた。普段口にしないたくさんのことが、二人の間の空間に渦巻く。漫画だったら重いグラデーションが貼られているはずだ。

「由依は嫌じゃないわけ？　あんたなんか、作品に描くために生まれたんじゃないの？」

ひどいこと言うなあ、と思うが、頭がどんどん冷えて行くのを感じていた。言葉が脳内を駆け巡る。それの何が悪いの。お姉ちゃんは何が不満なの。それってそんなにひどいことなの。でも、どれも言わずに、短く終えた。

「そうだと思うよ」

凛とした声が出て、聞こえたその音色が思ったよりも寂しそうに聞こえて、由依は少しびっくりしていた。桃果は自分自身の言葉と由依の返事の双方からブーメランを受け、唇を震わせていた。

「変なの」

ドアが音を立てて閉められ、廊下に立ち尽くす。すぐにやれやれと息を吐いた。母のフォローに向かい、また話してみようよ、と言う。眉を八の字にした母が少し笑って頷いたのを見て、部屋に戻った。

一人になると、一気に疲れが襲ってきた。

ベッドに寝転がり、あーあ、なんでお兄ちゃんいないの、と小さな独り言を言った。子ども用携帯を取り出し、兄にメッセージを書く。少しだけ悩み、文面は「バレた」にした。これだけ言えばきっと朔には十分伝わるだろう。

返事はすぐに来た。

〈マジかよ……〉

眉間にしわを寄せた朔の顔が浮かぶようで、由依はくすくすと笑った。ずいぶん気持ちが軽くなった。

〈マジ〉

と返すと、

〈それ送ってくるってことはヤバいってこと?〉

と聞かれる。面倒になって、由依はコールボタンを押した。すぐに朔が電話に出る。

「もしもし」

「もしもし。大丈夫？」

電話の奥は妙に小声だった。

「お兄ちゃん、忙しかった？」

「あ、いや大丈夫。今飲み会中でさ」

後ろの方でがやがやと騒がしい声がする。

「ふうん。お酒って美味しい？」

「まあね。由依は飲むなよ」

「飲まないよ」

なんですか先輩、誰ですか？　と女の人の声がした。妹だよ、と少し離した距離で朔が応答する。

兄弟の交友関係を覗き見するのはちょっとくすぐったい気がした。

「もしもし、ごめん。それで、由依は大丈夫？」

そう言われるだけで肩にあったずっしりとしたものがすうっと消えていくようだった。求めていたものに包まれて全身の力を抜く。

「うん。ちょっとお姉ちゃんに意地悪されたけどね」

末っ子特典、と頭の中で唱えながら告げ口してみる。

「はあ？　どういう状況？」

「大丈夫、大丈夫」

「ならいいけど……。我慢するなよ」

なるべく子どもらしくいさせようとしてくれる朔の優しさが嬉しい一方、半年後中学生になったら子どもらしさをまとっていなくても大丈夫になるのも待ち遠しかった。もうずっと合わない服を着ているみたいな感覚だった。母の前では、かわいい子ども。兄の前では、背伸びしがちな妹。姉の前では、おとなしく守られている妹。

「うん。でも、早く帰ってきてね」

携帯を耳に当てたまま、桃果の心無い言葉をもう一度思い返す。それから、自分の中に芽生え始めている気持ちを反芻した。どうしたって怒りにはならないけれど。それでも、思っていることくらい、あるのだ。

朔が帰ってきたら、行動してみよう。そのときには、母や桃果をびっくりさせたとしても、言葉を装わずに話したい。きっとそれを見た朔は、また心配するだろうけど。

電話を切ると、ものすごくほっとして、そのまま眠気が襲ってきた。由依は落ちるように眠りについて、相田《あいだ》家にはぎこちない静けさが訪れていた。

＊

学校があるとなんだかんだそれぞれすれ違いの日々が続いて、どことなく気まずいまま、気づけばまた週末が来ていた。その日、由依はピアノの発表会を迎えた。数年前に桃果が着たワンピースは残念ながらぴったりで、由依はその紺色のベロアのワンピースでコンサートホールへと向かった。

控え室前で母と別れると、しばらく自分の出番を待つ。ここからの仕事は難しくない。間違えようが、一生懸命弾くだけだ。

直前の子の出番になり、由依は舞台袖へと向かった。最後だと思うと、ピアノもなんだか愛しく思える気がした。拍手が聞こえ、上気した顔で戻ってくる子とすれ違う。アナウンスで自分の名前が呼ばれる。ピアノの横で観客側に向き、ぺこりと深く頭を下げた。母と朔を見つける。

椅子に腰掛け、息を吸い、鍵盤に手を這わせた。最初の音が鳴った後は、ピアノに導かれるように、なんども繰り返してきた動作をしていく。頭の中では違うことを考えていた。同じワンピースを着ていた桃果の写真を思い出す。楽しそうにピースして、終えた後に先生と写っていた。今頃母も、それを思い出しているだろうか。

題材として自分を見るまなざしなんて、そんなに特殊なものじゃない。むしろ、母の役に立てること、母が嬉しそうにすることが由依は嬉しかった。なのに、ぜいたくだよ、お姉ちゃん、と鍵盤に力を込める。と、余計な力を入れたせいか、指がもつれて絡まった。音がぱらりとばらける。由依は必死に正しいところへと音符を戻し、なんとか弾ききった。立ち上がって笑顔を見せると、それにほっとしたらしい観客からあたたかい拍手が送られる。少しだけ母と目を合わせ、すぐに踵を返した。

終わってロビーに出ると、母と朔が出迎えてくれた。

「頑張ったね」

母が笑顔を見せてくれる。そう、これでいいのだ。今、かわいい子どもになれている。その眼差しの心地よさに、決めていた気持ちが少し揺らぐが、自分の中で迷いをていねいに包むように保存して頭の隅に置いたままにした。

家に帰ろうと外に出ると、ショッピングモールのショーウィンドウに自分の姿が映った。立ち止まりかけた由依に気づき、朔が歩く速度をゆるめる。ガラスに映る自分を見て、由依は不思議な気持ちがしていた。それは、ドラマ化の資料で一歳の赤ちゃんを見たときとよく似ていた。自分なのに、違う人みたいだ。

「この服似合わないよね、お兄ちゃん」

近寄ってきた朔に声をかける。朔は驚いて、

「そんなことないけど……」

と戸惑いを口にした。被せるようにもう一度言う。

「ううん、似合わないよ」

しっかりと口に出すと、気持ちが明るくなった。もう一度決意を固める。

立ち止まった二人に気がついて母が戻ってきた。ごめん、と顔を上げ、由依は母に駆け寄る。再び歩き出し、後ろを振り向いて、朔にだけ見えるように片手でガッツポーズをして見せた。

＊

電車に乗り、三つ並んで空いた座席がなく、母と兄妹で分かれて座った。朔と二人になると、由依は、わざとのんびりと喋り出した。

「わたしさ、一つだけ悲しかったことがあるんだよね」

思わぬ妹の言葉に朔が緊張した気配がする。

「去年のお母さんの新刊でね」

そこで切って、大事な「お母さんにはないしょね」を付け加える。朔が頷く。

「お姉ちゃんのエピソードとして、わたしの話が載ってたんだよね」

「えっ」

由依はふふふと笑った。

「最初は、姉妹だから同じようなことしたのかな？　って思ったんだけど、どうにも詳細まで同じすぎて、それで、きっとお母さんは混ざっちゃってるんだなって思ったんだ」

朔は言葉を探しているようだった。

「わたし、お母さんに描いてほしいって思ってる」

「……うん」

「だから、ちょっとサービスしちゃったりするしね」

お茶目に言ってみせるが朔は笑ってくれなかった。

「でも、さすがにそれは、ちょっと悲しかったなあって。それをね。このワンピースを着たら、思い出したの」

紺色のベロア生地のスカートをつまむ。てろりとしたなめらかな布はどうにもいい子すぎて着心地が悪かった。

「わたし、こういうの、シュミじゃない」

そう笑うと、今度は朔も眉を下げて笑って、「うん」と頭にぽんと手を置いてくれた。子ども扱いを卒業するつもりでも、それはやっぱり嬉しかった。

＊

家に帰ると、不機嫌そうな桃果がリビングで携帯をいじっていた。

「帰ってたんだ」

朔が声をかけるが、生返事が返ってくる。朔は桃果の様子を一瞥すると、肩をすくめた。由依は思わず口を開く。少しだけ鼓動が早まるのがわかった。でも、決めたから、もう止まらない。体が勝手に動いてるみたいだった。

「お姉ちゃん」

桃果が目線だけ上げて由依を見る。懐かしいものに目を留めると、

「それ着たんだ」

と言った。由依は頷いた。

「うん。借りたんだけど。わたし、全然似合ってないよね」

事態をなんとなく見守っていた母が強い言葉に驚いたのがわかった。ふんわりと笑ういい子の由依の発言とは思えなかったはずだ。その視線を感じると、なぜだか一層勇敢な気持ちが湧いてきた。もう、後には引けない。

似合わない、とわざわざ言う意味がわからなかったのか、桃果は訝しげに、

「え？　別に」

と低く言った。由依はまっすぐに桃果を見ていた。生まれて初めてのちゃんとした自己主張かもしれないと思うと、全身の細い毛が逆立って、細胞が震えるような気がした。

「わたし、本当は、もっとかっこいいのが好き。こんな、優等生でいい子みたいなデザインじゃなくて」

「……へえ」

意図が見えない桃果は眉をひそめてそれだけ反応した。

「でもね、わたしがこれを着るのは、お母さんが、わたしを見てお姉ちゃんを描いてるからなんだよ。作品の中のモモは、もうわたしの方が年齢が近いから」

母の方は見なかった。

「お姉ちゃんがピアノをやってたときのことを思い出す材料になったらいいなと思って、お姉ちゃんのときをお母さんが懐かしんでるのを知ってて、わたしピアノをやってた。でもね」

一度唾を飲み込み、つぐんで、口の中を潤した。

「本当は、ピアノ、全然興味ない！」

くるりと向きを変え、由依は母を見た。小さく微笑む。

「だから、お母さん、ピアノは今日でやめるね」

朔が不安げに母の動向を窺っていた。ピアノに興味がなかったことに加え、はっきりとした喋りにも驚いている様子の母は、あっけにとられたように言葉を失っていた。

「わたし、着替えてくる」

由依はすっきりした顔で笑うと、小走りに部屋に向かった。背後で桃果が「え……？」とこぼすのが聞こえた。これはこのあいだの小さな逆襲だ。おかしくなってきて、くすりと笑いが漏れる。部屋で勢いよくワンピースを脱ぐと、自分の服に着替えた。Tシャツに、広がるミニスカート。ベロアのワンピースよりマシだけれど、本当はもっともっと、かっこいいものが着たい。黒のパーカーにショッキングピンクのタイトスカートとかいいな、と想像した。遠くから朔の声がする。きっとお母さんのショックを和らげてくれている、と信じられた。今日にしてよかった、とホッとすると涙が出そうになって、ぐいっとこらえる。

間を置かず、由依は部屋から飛び出し、再度リビングへ向かった。桃果はソファーにいたままこちらを見ることはせず、朔はリビングから姿を消していた。戸惑った顔の母と目が合って、脱いだばかりのワンピースを丁寧に渡した。明るい声を出す。

「すっきりした！　びっくりさせてごめんね。でも、お母さん」

この本音が届け、と念じた。

「わたし、嫌ではなかったからね、全然」

母が目を見開いて泣きそうな顔になる。朔が台所からお盆を持って出てきた。人数分のマグカップ。湯気の立ち上るティーポット。ああこういうところだ、と思う。お兄ちゃんの、一番いいところだ。いの一番に飛びつくようにして由依はテーブルにつく。朔が優しくマグカップに紅茶を回し入れていく。その香りは自分を励ましてくれる兄の気配と良く似ていた。

「はい、母さん」

朔がカップを差し出すと、母もそろそろと手を伸ばし、ゆっくりと口に運んだ。

「あ、おいしいね」

カップから顔を離し、由依は小さく感嘆する。桃果はソファーから動かなかったが、朔が「ほら」と声をかけると、小さな歩幅でやってきて、静かに席に着いた。

朔が再び台所に行ったかと思うと、外国のクッキーを持って戻ってきた。ドラマ化の打ち合わせでもらったものだ。久々に、四人が一緒にテーブルにつく。ようやく一口めを飲んだ朔が、ふうと温かな息をついたあとのんびりした声で言った。

「父さんも元気かな」

「多分元気だよ」

と由依は続けた。

「さすがに何かあったら連絡来るでしょ」

と桃果がぼそっと言う。

母だけは、何かを思案しているようだった。見ると、朔も母親の様子をちらりと見ていた。

第五話　作家・あいだようこの場合

「わたし、着替えてくる」

由依が自分の部屋に向かう背中を呆然と見つめていた洋子の横で、朔がふっと笑った。

「……よかった。でもまあ、大胆な」

リビングに満ちた緊迫感など知らないかのように、朔は頬をゆるませる。いつの間にかそれをじっと見ていた洋子の視線に気づくと、

「とりあえず、お茶でも飲もっか」

と優しい目をして台所に入っていった。

よかった。

その言葉の意味を噛み砕けないうちに、末っ子がラフな格好で戻ってくる。走ってきた勢いそのままに目の前までやってくると、はいっとさっきまで着ていた一張羅を渡してきた。反射的に、クリーニングに出さないと、と考える。

「すっきりした！」

そう朗らかに言う口調は、知らない子どもみたいだ。彼女は眉尻を下げて笑うと、大人っぽい声

を出した。

「でも、お母さん。わたし、嫌ではなかったからね、全然」

その瞬間、ぶわっと体の奥から何かがせり上がってきて、思わず嗚咽が漏れかける。こんなに大人みたいな顔は見たことがない。でも、今目の前にある顔が「ほんとう」なんだと、その質量が言っていた。何驚いてるんだろう、と思う。驚いていること自体が、一番、ダメな証拠なのに。

そこへお茶の準備を整えた朔が戻ってくる。由依は横を通り過ぎて椅子に飛び乗るようにしてテーブルについた。それぞれの席にマグカップを置いていく朔に促されるように、自分の椅子に座る。

「はい、母さん」

もらったカップからはブラックベリーのいい香りがした。唇の先でつまむようにほんの小さな一口を含むと、途端に強張っていた身体がほぐれ始めた。

ぎこちない沈黙の中、子どもたちはぽつりぽつりと不思議な間隔を開けながら会話した。その遠慮が次第になくなっていき、気まずさが空間に溶けて消えていく。ああ、兄妹なんだ。なぜかそんな当たり前のことが熱いお湯とともにするりと胸に落ちていった。

隣の由依の横顔をそっと見る。今しがた、小さい身体で拒否したものを考えようとして、ううん、とすぐにそれを打ち消した。拒否、ではなかった。それを取り違えてはいけないのだということには、ギリギリで踏みとどまって気づいていた。

そう、そもそも、気づいてはいたのだ。桃果がずっと、苛立ちで伝えていたこと。

それから今まさにこうして、朔の優しさに甘えていること。

もうとっくに、自分の周りは変化していたこと。

＊

月が変わり、十月を迎えてすぐに、洋子は仕事部屋にこもっていた。これまでの子どもたちのアルバムを、最初から順にめくっていく。

朔が生まれたすぐ後。繊細な子でしょっちゅう泣いていた。おもちゃの車が壊れたとき、三日くらいずっと「かわいそう」と言っていた。

桃果が生まれる。この頃の朔はなんでもお兄ちゃんぶろうとしたが、数年後、あっという間に「しっかり度」で桃果に抜かれることとなる。今でこそ器用な朔だが、昔は気の弱さの方がずっと強かった。

五歳の誕生日、おたふく風邪でほっぺが赤い朔と、まだ一歳の桃果。寝てなさいと言うのに、誕生日が嬉しくてずっと寝てくれなかった。

桃果はなかなか怖がりで、スイミングでは水に顔をつけるだけで二ヶ月もかかった。対して由依は最初から妙に肝の据わったところがあって、スイミングでも全然苦労しなかったものだ。

由依が生まれたのは、桃果が五歳のとき。由依は小さな子で、末っ子というのもあってとにかく愛らしかった。朔と桃果が喧嘩をしていても、それを賑やかさと捉えているのか由依がニコニコと笑っていて、毒気を抜かれた朔が喧嘩に興味をなくすというのがいつもの流れだった。

由依が六歳のとき、父親が単身赴任になる。みんなで撮った家族写真を見ると、由依が父親の足にひっついていた。

「今では脇役なのにね」

と写真の夫を指の腹でなでながら笑いがこぼれる。

最近の由依はクリスマスプレゼントくらいしか父親を楽しみにしていないようだった。少し前までは、「クリスマスに帰ってくる父親を楽しみにする末っ子」だとかわいらしいものに思っていたが、あの日以来すっかりイメージが変わっていた。由依はどうやら、思いっきり現金なところがあるようだ。

一番正義感が強いのは桃果で、「帰ってこなさすぎ」と怒っている。朔はさすがにもう大学生だからか、どっちでもいいようだった。

アルバムの写真は、そこから飛び飛びになっていく。卒業式や先日の発表会のような、大事な場面しか撮らないようになっていた。おまけに、写真の整理もサボって、ほとんどファイリングされていない。最後の一枚のあとの空白のページを、洋子はしばらく見つめていた。

数分して、ぱたん、とアルバムを閉じる。横に避け、今度は自分のこれまでの既刊をぱらぱらとめくった。そこに居る子どもたちは生き生きとしているけれど、なぜだか遠いところにいるように感じられた。数週間前に机に広げていたコピー用紙を引き出しから取り出す。あの日、書けない、とペンを置いたから、紙は下半分以上が空白だった。

携帯電話を手に取り、高橋に電話をかける。彼は、電話を取った後輩らしき子から奪い取るように電話口に出た。その様子が浮かぶようで洋子はくすくすと笑った。

「そんなに必死にならなくても」

「なりますよ、こっちは映像化抱えてるんですから。何かあったかと」

やっぱり嫌、なんて言われるとでも想像したのだろうか。洋子はおかしくなって、

「それなんだけど……」

とわざと声のトーンを落とした。

「えっ？　えっ？　まさか、あいださん」

高橋が慌てふためく。

「それが、真剣な話なんだけどね」

洋子が次の言葉を告げると、高橋は三秒ほど黙ったかと思うと、今すぐ行きますと電話を切った。がちゃり、と派手な音がする。いかに慌てていたとしてもその切り方は如何なものかね、とスピーカーあたりを半笑いでにらみつけた。どうやらそれだけ大きなことらしい。

洋子は一度背筋を正すと、立ち上がってトートバッグに荷物を詰めた。

リビングをそわそわうろうろとしている洋子を見て、しばらく我慢していた朔もさすがに声をかけた。

＊

「……母さん、どうしたの」

ぎくりと漫画のような動きで立ち止まった洋子を見て、違和感が増す。

「なんでもない、なんでもない」

そう言う手のひらの動きすら下手な劇のようだ。

「怪しすぎるでしょ……」

まあいいけどさ、と手帳に目を戻しつつ、なるべく不自然にならないように聞いた。

「ところで、最近たまに作業部屋いるけど、やっぱり新作描いてるの？」

一時期はやめた風に見えていたのに、またこもる日が出てきたから不思議に思っていたのだった。

「うーん、いや、ドラマのこともあるから」

洋子の返事はどうにも煮え切らない。いつもなら描きはじめると最低限の活動以外はずっと部屋にいるのに、最近は部屋にいたりリビングにいたりと今まで見たことのないリズムなのも気になっていた。じとっと見て、

「なんか変だよ」

と言ってみる。もし桃果なら、「気持ち悪い」くらい言っているだろう。

「そうかなあ」

どことなく白々しい言い方だった。朔はそれ以上は追及せず、また手元の手帳を見つめ、しばらくして意を決して顔を上げた。するとこちらを見ていた母親と目が合う。バチっと交差した視線が気まずくて危うく顔をそらしそうになるが、寸前で思い留まって声をかけた。

「あ、あのさ」

「うん」

「今度の土日、福岡に行ってきてもいいかな」

面食らった洋子が「え?」と聞き返す。福岡は父親がいるところだった。

「俺、もう就活が始まるから、ちょっと話聞きたくて」

「就、活」

脳内処理が追いついていない様子だ。やっぱり、と目を閉じて、再び洋子を見る。

「大学三年ってそういう時期なんだよ」

「そ、そっか、そうだよね。お母さん就活ってしてないから、あんまり考えてなかった」

「だと思ってた。それで、餅は餅屋というか」

「もち?」

「サラリーマンのことはサラリーマンに聞こうと思って」

ああ、とこくこくと頷く。もちね、もち。

「母さんサラリーじゃないからさ」

ふざけてそう付け足すと、洋子は考えるようにしてから、

「ニュースでは見てたのよ」

と唐突に言った。

「就活が大変とか、お祈りメールがどうとかって」

それで息子と結びつかないなんて、作家って職業は本当に浮世離れしてるんだなあ、と思う。こうやって、相手にとって重要ではなさそうな自分の事情を主張するのが、朔はどうにも苦手だ。なるべくなら人の話を聞いていたい。じりじりと逃げ出したい気持ちと戦っていると、洋子から出た言葉は予想外のものだった。

「でも、なんか、朔って全然、心配にならなかったから」

知らなかったわけじゃないよ、と弁解するように付け加えた洋子の言葉は風のようにするりと通り過ぎていった。急激に恥ずかしくなってくる。

「もしかして、俺って意外に、結構信頼されてる?」

茶化すつもりで珍しく大胆なことを言うと、洋子はきょとんとして朔を見た。

「もちろん」

＊

桃果は人生の大事な局面を迎えようとしていた。いや——他の人から見たら大したことのない場面だとしても、桃果にとっては重大極まりない瞬間だった。

「あのね」

目の前に座る勇人の膝を見る。その膝には手が置かれていた。二人とも正座で向き合うという変な構図になって、そのことが余計緊張感を生んでいる気がした。

勇人の部屋はあまり物がなく、棚に本が何冊か差してあるくらいで、プラモデルやポスターといった特徴の出そうな類のものは存在しなかった。

（私の部屋に来たら、子どもっぽいと思われるかも）

自分の部屋を思い浮かべると、小さい頃のぬいぐるみや雑誌なんかもいまだに部屋の隅にある。じわりと緊張するが、言わないことには始まらない。

「あのね」

もう一度発すると、勇人も緊張した顔つきで「うん」と言った。桃果は意を決して一気に言う。

「今度、うちに来ませんか！」

「へ？」

あまりにも予想外な言葉に勇人は気の抜けた声を出した。その返事がまた予想外だった桃果が

「え？」と言う。

「なんだ……」

はああ、と脱力した勇人を見て、桃果はおろおろとした。

「え？　嫌だった？」

勇人は慌てる桃果を見てふっと苦笑する。

「嫌じゃないけどさ」

「ほんと？」

「うん。でも、家行ったらお母さんにバレるんじゃないの？」

桃果の目がすっと細まる。

「バレたの。バレて、連れてこいって」

えええ、と勇人の声がちょっと引いている。

「呼び出し？」

「そんなんじゃないけど、お母さんが会いたいって」

「なんでバレたの？」

「それが……お兄ちゃんに女の子から電話が来たとき、またあの人？　って言ったらお母さんが反応して、その仕返しにバラされた」

まあまあ、はいはい、ばかり言っている事なかれ主義の兄かと思っていたら、久々に子どもっぽい仕返しをされて驚いたのだ。

「それは、桃果の自爆だな」

勇人もどうやら味方にはなってくれないらしい。悔しくなって、ぽす、と肩のあたりにグーパンチをお見舞いする。勇人は当たった桃果の拳を手で包むように掴むと、反対側の腕で桃果を引き寄せた。

「もう、さっきは変な緊張したじゃん」

と耳元で囁く。

「へっ」

急に近づいた距離に驚いて変な声が出た。

「な、なに」

「何、じゃないでしょ」

勇人の手が桃果の髪をなでた。

「ちょっと、私、あの、そういうのは」

勇人が力をゆるめ、桃果を解放した。

「怖い?」

そう言ったら失礼なのかな、と不安になりながら頷く。

「自信も、ないし」

「自信？」

「ナイスバディ、みたいな」

勇人は破顔して、

「桃果って本当に優等生なの？」

とおかしそうにした。

「が、学年八位だったよ」

「その主張が子どもっぽい」

気にしていたワードを言われ、顔がかあっと赤くなった。それと同時に落ち込んでくる。

「……怖いなんて言ってたら、なおさら子どもみたい？」

「それは子どもっぽいかどうかとは関係ないけど」

「けど……？」

「そのうち許可していただきたいなあとは」

勇人のからかうような笑顔を直視できず、視線を外して、はたと思い至る。何やらやけにナチュラルじゃないか。

「あれ？　勇人ってもう……？」

その瞬間、やべ、といった様子で勇人の頬がぴくりとひきつった。

「いやまあ、それは、そうなんだけど」

「元カノ？」

「う、うん。桃果、それ聞いても面白いことないよ」

「いいよ、面白くなくて」

ずいと前に出る。勇人は後ろに下がろうとするが、背中がベッドにぶつかってそれ以上は下がれなかった。

「どんな人？　学校の人？」

「聞いたら嫌な気持ちにならない？」

勇人の忠告よりも気になる気持ちが勝ってしまう。不安に思いながらも頷いた。

「うん」

「他校の、先輩」

「せ、先輩？」

力が抜けてぺたんと座り込んだ。

「年上なんて……勝てる気がしない」

「いやいや、勝ち負けじゃないから」

途端に悲しさと不安がぶわっと増幅して、桃果は表情を曇らせた。勇人は言わんこっちゃない、とばかりに苦笑する。

「その話題はいいことないんだってば」

大丈夫だと思ったのに、またコントロールができない。勇人といるとたまに、全く思い通りにならない自分が出てくる。その情けなさでより一層悲しくなってくる。

「ごめん」

「えーっとだからまあ、」

勇人はこの際だからね、と言い聞かせるように短く付け足すと、

「俺がリードしますから」

と言って「正解？」と下から覗き込んできた。

よくわからなくなって桃果はとりあえず頷く。

「よし」

はにかむと、勇人はすくっと立ち上がって桃果の頭をぽんとなでた。

「遅くなるから送るよ」

カーテンの向こうに見える空は、すっかりブルーグレーになっていた。

＊

「彼氏。彼氏ねえ」

アイデアを書き出している紙に「彼氏」と書いて、洋子は仕事部屋でペンをくるくると回していた。その横の欄には「就活」と書いている。

「彼氏かあ」

もう何度目かに呟いていると、いきなりドアが開いて由依が入って来た。

「お母さん、描いてるの？」

見せて、と覆いかぶさってくる。

「だ、め」

苦しい声を出しながら、洋子は机の上にあった書きかけの紙を隠した。

「ええー、なんで」

由依は不満そうにする。その姿がまだ意外で、ついまじまじと見つめてしまった。つい最近までの由依はよく見えるように振舞っていたらしく、こういう開き直った態度はほぼ見せたことがなかった。「わかった、じゃあ楽しみに待ってるね」なんてニコニコしたり、「一番に見せるって約束してね」なんてかわいく言ってくるイメージだったのに。

「今回のは描き終わるまで見せないって決めたの」

「ええー、わたし、お母さんの漫画にどんな風に描かれるかを考えて動くのが趣味なのにな」

末恐ろしい、と身構える。まさかそんな思考でいるとは思ってもみなかった。

「由依……これまで描いて来たユイは何パーセント本物？」

恐る恐る尋ねると、末っ子はにっこりと笑って、

「お母さん、どんなものでも全て本物だよ」

と言ってくる。無駄な押し問答になることが見え、洋子は質問をやめた。この発言で十二歳だ。あと十年くらいは子育てが続くと思うと、どんな子になるのか全く予想ができなかった。心なしかひりひりと緊張を感じながら見ていると、油断も隙もなく、ひょいっと原稿に手を伸ばそうとする。慌ててぱしっと手を抑え、阻止した。

「そんなに真剣に守る？　変なの、今までは見せてくれたのに」

「ダメなものはダメ」

それはそうと、と話題を変える。

「ユミちゃんが行ってるっていう英語教室、どこだか聞いた？」

「うん、聞いたよ」

「じゃあ今度見学行こうか」

よっしゃあ！　と飛び上がる。ちょっと前までは絶対に「やったあ」だったのに、と思うとまた血の気が引いた。キャラ変更も甚だしい。由依はわーいと浮かれた様子で部屋を出て行った。

ドアをそうっと閉め、もう一度紙を広げる。先ほどの「彼氏」の横に線を引き、ユイの欄を作って「英語」と書いた。迷ったあと、「演技派？」と付け足す。サクとモモの欄にも次々に言葉を並べていった。

＊

「最近のお母さん、変！　気持ち悪い！」

そう怒り出したのは桃果だった。打ち合わせらしく洋子は不在で、桃果と由依との三人での夕食だった。いないのをいいことに、言いたい放題だ。

「まあ変なのはわかるけど、桃果は母さんが何してても気に入らないじゃん」

指摘すると、桃果はきっと朔をにらみつけた。

「そうだけど、変だと余計気持ち悪い」

由依はどこ吹く風といった様子でぱくぱくとおかずの回鍋肉を口に運んでいる。由依が大胆に変化した影響で家の空気もかなり変質したように思えた。だが、桃果の反抗期は終わらない。

「だいたい、なんで結局また描きはじめるわけ？　それにドラマとか、私許可してないし」

「かといって桃果、やめてとか言いに行くわけでもないだろ」

「お母さんと話したくないんだもん」

「子どもか」

由依がぷっと吹き出す。自分より子どものはずの由依に笑われて、桃果はいっそうヒートアップした。

「だいたい、嘘ばっかりじゃん！　ドラマなんてやったらよりたくさんの人に仲良い家族みたいに

「誤解されるじゃん」

「まあいいんじゃないの、フィクションってことで」

「エッセイじゃん！」

「まーそうなんだけどさあ」

朔が片手間になだめていると、由依がふふふと笑った。

「なんかおかしい？」

さながらキャットファイトの始まりのように桃果が睨む。由依はうん、と首を振って、

「お姉ちゃんって、フィクションだから嫌なのかと思ってた。これはまずいかな」

と意味深な返事をした。図星に重ねてクエスチョンマークが浮かび勢いを殺された桃果は「まず

いって、何よ」とぶつぶつと呟いた。朔もそれは放っておく。テレビをつけると、幼い声がして、

三人はつい一緒に視線を向けた。そこには最近テレビに出ずっぱりのサク役の男の子がいた。愛想

よくバラエティをこなしている。どうやら映画の番宣のようだ。

「こんな風に、宣伝とかでも見るのかな」

「じゃないの」

ふん、と桃果は不機嫌そうだ。

「楽しみー」

由依は跳ねるように言い、それを桃果が疑いの目で見る。いつかこの二人が壮絶なバトルを繰り

広げるのではないかと朔はひやひやしたが、そのときには家を出ているかもしれないと思い直した。そうなっていれば、自分たちのことは自分たちで解決してもらおう。

ごちそうさまー、と由依が立ち上がって食器を片付ける。喋っていた桃果はまだ半分ほど残っていた。

「お前遅いな」

「うるさいな」

そう言いつつも箸を動かす手を早める桃果を見て、朔はこっそりと笑みを浮かべた。

＊

その日は突然訪れた。

朔が会社の説明会を終えて帰宅すると、家の中は薄暗かった。まだ夕方の早い時間で、桃果も由依も学校のようだった。

「母さん？　いないの？」

声をかけながら廊下を進むが、人の気配はしない。

買い物か何かかと思い、鞄を自室に下ろしてリビングに行くと、テーブルの上のメモに気がついた。

ちょっと許可を取りに行ってきます　洋子

それは間違いなく母の字ではあったが、書いてあることの意味がわからず、朔は一人で「はあ？」と声を漏らした。首をひねるが、さっぱり見当はつかない。なんの許可だろうか。数秒メモとにらめっこするが、考えていても仕方がないので、とりあえず元の位置に戻して、部屋に戻ってパソコンを開いた。エントリーシートの期日が迫っていた。

長所、短所。他人から言われたことのある評価。失敗とその挽回経験。身の回りの小さなことしか手元にないけれど、それを書いていくしかない。ゼミのこととアルバイトのことでほとんどを埋める。こういうとき、「何百人の団体を束ね」とか「貧しい地域のために自分でボランティアを」なんて意気揚々と書ける実績があればなあ、と一瞬空想するが、今更即席で手に入れられる功績ではないので、ため息と共にぼき、と肩を鳴らして再開した。後悔しても仕方がないし、きっとタイムスリップしても自分には無理だろう。そうしたら、何度生まれ変わってもリーダーになれない人はどうしたら就活をうまくできるのか謎だった。それでも期日はやってくるし、就職も逃れられない。シートにはもう何度も同じようなことを書いているので書き写す作業に近く、いつしか没頭していて、由依が帰宅した音にぱっと顔を上げると、三時間ほどが経過していた。

さらに二時間が経過して桃果が帰宅しても、洋子は戻ってこなかった。

「どこ行ったか知ってる？」

聞いてみるが、由依はううんと首を振り、桃果は「知るわけないじゃん」とつっけんどんに言った。

「だよなあ」

朔はいちいち桃果の言葉には引っかからず、うーんと悩んで、とりあえずメールを打った。

〈まだ帰らないの？〉

返事はなかった。ちょっとという言い方からして、その日中には帰ってくる気がしていたのだが、予想が外れたようだ。

苦い顔をしていたくせに、日付が変わる頃になると、桃果は急にそわそわし始めた。

「何かあったとかかも」

お前はどっちなんだよ、と思いつつ、

「それはないんじゃないかなあ」

と落ち着かせる。予告して出かけているわけなので、あくまで勘だが事故などの可能性は低い気がしていた。

「ちょっとって言うから今日帰ってくるかと最初は俺も思ったけど、それならむしろ予告なんてしないだろうしさ。泊まりのつもりだったんじゃない」

送ったメッセージを見返すが、既読になっていない。桃果にとりあえずシャワーを浴びるように勧め、リビングを出たのを確認すると、そっと父親にメールを書いた。

〈母さんそっち?〉

するとすぐ数分してバイブが鳴り、

〈言わないでって言われてる〉

と返信が来る。先日朔が福岡に行った際のことをどうだったかと細かく聞いてきたので、なんとなくそんな気がしていたのだった。言わないで行くからには何か理由があるに違いない。許可ってまさか離婚? と一瞬想像して打ち消した。別に不仲なわけではないはずだ。とりあえず〈了解〉と返信し、桃果も寝させて自分も眠った。

＊

翌日の日が暮れる頃になっても、洋子は帰ってこなかった。

桃果は不安と苛立ちが混ざってかずっと落ち着かない様子で、由依もさすがに少しずつ不安になって来たようだった。そこへチャイムが鳴り、ハッと顔を上げた桃果が駆け出し、由依もそれに続いた。

「あ、おい」

洋子ならわざわざチャイムは鳴らさないだろう、と思うが、止めるよりも早く桃果がドアを開けた。

「あ、こんにちはー、お久しぶりです」

こちらの緊迫感などつゆ知らず、呑気な声で挨拶したのは母の担当編集の高橋だった。雨で元々の癖っ毛がさらにくるくるとしている。硬そうな大きなケースを抱え、濡れないように守っているせいで、肩や頭は水滴だらけだった。ぽかんとしている桃果の横から朔は高橋にタオルを渡し、どうぞと招き入れた。

「母は今いないんですけど」

おまけにいつ帰るかもよくわからなくて、と言いかけると、高橋はあっさりと、「あ、はい、知ってます」と言った。

「え？　じゃあなんで」

つい驚いた声が出る。

高橋は硬そうなケースを持ち上げてみせた。

「お届けものがありまして」

桃果にお茶を淹れるように頼み、朔は雨を拭いたタオルを預かって、洗面所に置きに行った。由依は高橋をよく覚えていないようで戸惑っていたが、客人であることを理解すると、リビングまで案内した。

「由依ちゃんだよね。こんにちは」

こく、と頷く由依を見て、高橋は「なるほどなあ」とニコニコした。

「なるほどってなんですか？」

やや不躾にも思える台詞に疑問をぶつけると、高橋はそうでした、と笑ってケースを開け、中から大きくて分厚い紙の束を取り出した。

「これって」

お茶を持って来た桃果がつぶやく。

「はい、ゲラです」

「母の？」

「もちろん」

お茶にお礼を言うと、高橋は原稿を三人に差し出しながら話した。

「お母さんの新作です。今日はこれを届けに来ました」

一番上にはタイトルらしく、文字だけが書かれている。めくらないと母の漫画は見られないが、なんとなく誰も手を伸ばせずにいた。桃果は気まずそうに顔を背けている。

「それからこれも」

高橋は続けてぺらりと一枚の紙を出した。Ａ３の紙に細い横長の四角が一つ配置されている。どうやら帯デザインのようだった。先にそちらに目を向ける。そこには大きな文字で予想外の言葉が並べられていた。

〝コミックエッセイ作家あいだようこが贈る、思春期の子どもたちへの等身大のメッセージ〟

「えっ、これって」

あまり動じることのない朔も、さすがに脳がぐらりと揺れるのを感じた。高橋は照れるように笑っている。

「ちょっと煽りすぎましたかね？」

桃果はコピーを読むと弾かれたように動き、テーブルに置かれていたゲラを奪い取った。乱暴なくらいの勢いで数ページをめくる。そこに出てきたのは、見慣れた小さな子どもたちではなく、青年、少女だった。初めて見た母の描く中高生の絵柄にくらくらしながら、頭を押さえて朔は小さく呟いた。

「なるほど、許可ね……」

そこには、父親との今の関係も登場していた。

桃果が抱えるように原稿を持ち、由依が覗き込む。力を込めすぎていて一枚一枚をめくる指先が白くなっていても、桃果は急ぐように手を動かした。桃果よりいくらか冷静に見える由依も、瞳の奥は真剣だった。どんどん溝ができていった洋子の世界と現実の子どもたち。変わっていった感情をうまく捕まえられなかったこと。それから、ひずみによる最近の小さな事件たち。

こんなものを描いていたのか。

驚きつつも、桃果を見る。怒り出すのではないか……そう思ってハラハラしていると、終盤にたどり着いた桃果は最後から二枚目の「あとがきに代えて　朔、桃果、由依へ」というタイトルを見ると、最後のページはめくらずにぱたりと原稿を閉じてテーブルに置いた。朔も見た文字列に身動きが取れなかった。桃果がぎゅっと目を閉じる。

由依は何かを予想していたのか、「やっぱりね」と満足そうに言った。

「やっぱり?」

目に涙を溜めた桃果が首だけ動かして聞く。

「お母さんのメモ、しつこく探索してちょっと見えたんだ。お姉ちゃん、これは嘘じゃないみたいでよかったね」

そのときドアの鍵が開く音がして、開いたドアからざあという雨の音が聞こえた。みんなが顔を上げる。パチリと玄関の電気をつけた音。帰ってきた。朔はとっさに誰よりも早く廊下に出て、タオルを手にしながら母親と向かい合った。

濡れた鞄を床に置くまいとバランスを取りつつパンプスを脱いでいた洋子は、朔が差し出したタオルに気がつくと顔を上げ、

「ただいま。……高橋さん、来てる?」

と少し気まずそうに目を泳がせた。

「行けって言ったのあいださんでしょう」

リビングから顔を出しながら、高橋がさらりと洋子の作戦を暴露する。洋子は高橋の存在にほっとしたように近づき、リビングに足を踏み入れると、ダイニングの椅子に腰掛けたままゲラを前にうなだれる桃果に動きを止めた。

「ひょっ……としてわたし、帰るの……早かっ、た？」

洋子が最後まで言い終わらないうちに、桃果の涙声が重なった。

「ありえない、こんなの」

高い成分だけが残った震える声はすぐに嗚咽に変わる。

「おか、お母さんって、ばかなんじゃないの。こんなの描いて」

決壊した涙の中で絞り出した言葉は、拒絶には聞こえなかった。忙しく涙をぬぐいながら、ううう、と声を上げて泣く桃果を見て、洋子はおろおろと指先を彷徨わせる。

「ごめん、桃果、その……。桃果、いつまでもそんなの見てって、怒ってたから」

「そうっ、そう、だけど、だからって」

「あーあ、お母さんがお姉ちゃん泣かしたあ」

由依が邪気のない顔で横からとどめを刺す。洋子はそれに目を丸くし、桃果は構う余裕もないまま、頬をべたべたにして泣き続けた。

「ほんとっ、信じらんない、これじゃ、私って、バレちゃうし」

その言葉に高橋はふっと微笑むと、

「似てますよね」

と言った。その声があまりにちょうど良い温度で、朔は妙に感心してしまった。仕事のパートナーというのはこういうものなのか。素直な思いで返答する。

「はい、似てました」

「お母さん、絵、うまいですよねえ」

十五年作家をやってる人に言うことじゃないですけど、と高橋は屈託のない笑顔を見せた。

「あ！　それでさっきなるほどって」

「はい。ユイちゃん、僕の中では三歳だったのに、この間送られて来た原稿でいきなり十二歳になってて、驚いちゃって。でも、ちゃんと由依ちゃんでした」

肩を震わせて動かなくなった桃果の横で由依が原稿に手を伸ばし、改めてめくってしげしげと眺める。桃果は何度か鼻をすすってからゆっくりと顔を上げると、光る睫毛のまま高橋を向いた。

「最後、漢字でした」

すぐに察し、高橋が「はい」と優しく頷く。

「私、キャラクターになったカタカナの私が、嫌いでした」

桃果の独白を、高橋は受け止めるように聞いていた。

「お母さんはずっと、モモを大切にしてたんです」

刺の中に、戸惑いと喜びと安堵が混ざった声に、朔は一人でそっと胸をなでおろした。思ったよりも明るい声音に焦ったのは桃果本人のようで、拗ねるようにつけたす。

「またこうやって、勝手に描いてるのは、最悪だけど。しかも、いなくなって、原稿だけって」

洋子が自信なさげに瞬きしながら言い訳をした。

「だって……なんか、目の前で見せる勇気、なかったんだもの」

「父さんのところには直接行くのに？」

朔がわざと指摘すると、洋子は「あっ」という顔になり、

「喋ったな」

と小声で毒づいた。

「お父さん⁉」

由依が反応する。

「そ。母さん、父さんのところに行ってたんだよ」

「知ってたなら言ってよ」

桃果が怒りの目線を朔に向ける。いやいや、と後ずさると、桃果は今度は洋子に言った。

「お父さんには直接言うなんてずるい」

洋子は困ったように笑う。

「お父さんには嫌われても怖くないから」

それもどうなのさ、と呆れていると、

「夫婦なんてそんなもんですよね」

となぜか高橋が同意した。平凡に結婚するだけではそのうちそんな風に言われてしまうのか、と朔はめまいがした。

洋子はテーブルの上のゲラをつまみ上げるようにパラパラとめくり、少し言いにくそうに付け足す。

「それに、お父さん本人はいいとしても、ほら……おばあちゃんがこの内容で嫌がらないかとか、いつもと違うことを気を遣わなくちゃいけなくて。それを確認にね」

かわいい孫たちの話を楽しみにしていたはずが、ぎくしゃくした家庭の事情を見ることになったら、嫁姑関係にも危機が訪れるかもしれない。その様子を想像すると、朔はげっそりとした。エッセイ作家って大変なんだな、と初めて母の苦労に思い至る。最初から、自分の好きなようにだけ考えればいいわけではなかったのだ。それは洋子が人知れず向き合ってきたことに違いなかった。

＊

「じゃあ、この後は皆さんだけの方がいいでしょうから」

高橋が荷物をまとめつつ、洋子にゲラチェックの締め切りを伝える。帰り際、そうだ忘れてました、と一枚のポストカードを渡してきた。どうやら高橋の手書きのようで、作家十五周年のお祝いの食事会の案内だった。

「空けておいてくださいね」

靴に足を入れ、ドアを開けつつ傘の留め具を外す。

「あ、もう一つ」

高橋は忘れ物が多いようだ。鞄からゴソゴソと出したプリントにはスケジュールが載っていた。

「そのうちのどこかでドラマの撮影の見学に行きましょう。またご連絡します」

すかさず、由依が前のめりになった。

「わたしも行ってもいいですか？」

もちろん、と笑顔で手を振り、高橋は帰っていった。


洋子を朔が手伝って作った夕食のオムライスを食べながら、みんなで「聞いてない」だの「信じられない」だの、自由に洋子に詰め寄ったり文句を言ったりした。

朔が「妙に見られていると思った」と言えば、桃果が「なんかメモされてるなって思った」と言い、ごめんごめん、と洋子が眉を下げて笑った。由依は「わたし、ちょっと予想してたよ」と自慢げにする。

食器を片付け、全て寝る支度を終えた後。

洋子が寝てしまったのを確認し、朔は静かに小さな明かりをつけて、置かれたままのゲラをめくった。示し合わせたかのように、桃果と由依がやってきて、両脇から紙面を覗く。三つの頭の影が原稿に落ちてそっと寄り合った。

「あとがきに代えて　朔、桃果、由依へ

作家になろうと思ったことはありませんでした。
みんなのことがかわいくて仕方なくて、
一秒も忘れたくなくて描き始めたら、
たくさんの人に愛してもらえるようになって、またそれが嬉しくて。

かわいいみんなのことを愛してもらえる喜びを手放せなくて、
いつの間にかそこにしがみついていました。
求められてることなんだから仕方ないじゃないですかって顔をして。

作家になろうと思ったことはなかったはずなのに、
この数週、久々に〝描きたい〟が止められなくなって、こんな本を描きました。
怒っているかな……。
自信はないけれど、わたしを突き動かしたのは、やっぱり〝かわいい〟でした。

最初はびっくりしたけれど、よくよく見ると、あなたたちの成長が、かわいくて、おもしろくて、今描きたいと思ってしまった。

ごめんね。

大好きです。」


朔が苦笑し、桃果が照れるように怒り、由依は遅れてきた波につんとしたように鼻をこすった。

ため息とともにゲラを閉じると、電気を消す。

「おやすみ」

朔が小声で言うと、うん、と二人がうなずいた。

上弦の月と優しい夜が、相田家を包み込んでいた。

あいだの話　3

一次面接の通過を知らせるメールが届いたのは、スーツの上着がすっかり邪魔ではなくなった頃だった。さわやかな秋の風が吹く大学の構内、擦れ合う銀杏の葉の下で、朔は「え?」とスニーカーの足を止めた。

一斉送信のそっけないメールは、合否どちらもそんなに変わらない顔つきなので、見たいような見たくないような気持ちで文面に目を走らせることになる。何度確かめても、そこには「次のステップにお進みください」と書いてあった。

……通ってしまった。

まずは練習にと受けた外資系企業だった。書類が通っただけでも驚いたのに、一次も通過したらしい。グループに分かれて簡単な面接のブースとディスカッションのブースを回り、気がついたら終わっていたような感じだったのに、一体何を受け入れてもらえたのか困惑の方が大きかった。

（俺、ディスカッションなんてほとんど何も言わなかったけどな）

思考は止まらなかったけれど、ありがたいことなのは間違いなかった。拝むような気持ちで画面にお礼を念じ、リンクに飛んで次の面接を予約した。

＊

多くの学生で溢れ返っていた一次とは違い、二次面接で集合場所の大会議室に集まったのはたったの十五名だけだった。会議室の大きさを完全に持て余していて、つい首を回して周りを見る。気のせいか、他の学生がみんな静かに殺気立っているように見えた。予約枠は六つだったから、毎回大体十五名だとして——残り百名ほど。

ほんと、なんで俺？

そう考えそうになったところで、会議室に二名の社員が入ってきた。

「引き続きご来社いただいてありがとうございます」

そう挨拶をした人事担当が流れを説明する。

「今回は面接のみ、お一人ずつ受けていただきます。お時間は大体三十分ほどです」

三十分。

う、と気が重くなる。前回の面接はせいぜい五分で、ほぼ自己紹介だけだったのに、突然ハードモードすぎる。そんなに語れることがあるはずがなかった。これはここで敗退かもな、と小さく息をつく。ギリギリの状態で進めてきたゲームで、現れた新ステージが意味不明にレベルが高かったときのような気分だ。もう戻れないのだから、やるしかない。

「順番にご案内します。それまではこちらの部屋で待機ください。終わり次第お帰りいただいて構いません。では——」

嫌な予感がして顔を上げた。

「五十音順で、相田朔さん、上野美希さん、柏木裕人さん。一緒にご移動をお願いします」

ああ、やっぱり。

五十音で得したことはほぼなかった。予測できてはいたが、内心で父親の家系を恨みつつ立ち上がった。社員に連れられ、ガラス張りのエレベーターを昇っていく。ふと太朗との会話を思い出した。そこそこな自分には、とても似合っていそうにない高層階だ。遠くに見えるスカイツリーが妙に眩しかった。

エレベーターから降りると、長い廊下に点在する会議室のドアの横に椅子が置かれていた。だが、人事は華麗に椅子を無視すると、そのままドアをノックした。

「もういいですか?」

はい、とくぐもった声がする。どうやら準備する間は与えられないらしい。

「では、お入りください」

朔は軽く会釈をすると、会議室のドアを叩いた。

＊

「相田朔さんですね。お座りください」

中にいた面接官は二人だった。右側の人物に促され、椅子に座る。窓を背にした二人の逆光気味な姿が不必要な迫力を背負って見えた気がして、ふうと一呼吸しながら姿勢を正して前を見た。

「まずは、自己紹介と志望動機をお願いします」

「はい。相田朔と申します。大学では国際政治が経済に与える影響について勉強してきました。サークルには入っておらず、三年間バーでアルバイトをしています。御社を志望したのは――」

想定してきたことを並べていく。問題はないはずだった。こういうところで緊張していないように見せることは割と得意で、おそらく第一印象は悪くないタイプだ。清潔感もある方だと思う。実際、ふむ、と頷いた面接官の反応はまずまずに見えた。

「学生時代に力を入れたことを簡単に教えてください」

「はい。大学ではゼミを中心に活動していまして、首相交代や政策変更、スポーツの結果など、さまざまな国際関係がどのように経済を変えるのかを研究してきました」

「へえ。その分野を選ばれたのは何故ですか」

「ニュースなどで、政治と経済ってすごく関わりがあるように報じられているのに、実際どの政策でどう変化したのか、景気の変化のきっかけなどを体感したことはなかったので、気になって」

「そうですね、そう言われると確かに、ちゃんとした繋がりは知らないことも多いですねえ」

右側の四十歳前後に見える男性は穏やかな口調で感心してくれる。

「では、その研究や、大学時代の経験で、働き始めてからも生かせそうなこと、ご自身の力になりそうなことはありますか」

「そうですね……。研究の内容が直接活かせるかどうかはまだわかりませんが、世の中の流れに注目しておく癖はできたので、入社してもそのまま継続したいと思います」

なるほど、と彼は静かに頷き、次の質問に移った。

「弊社ではお客さん先に常駐して、ということも多いですが、初めての相手とのコミュニケーションは得意な方ですか」

無意識に真っ直ぐに背筋を伸ばす。

「はい。苦手ではないと思います」

「そのようですね」

少し笑ってくれたので、朔も少しだけ表情を和らげた。

視界に入った腕時計は、十分弱が経過したことを示していた。

このままこんなふうに穏やかな時間が流れてくれるのなら、と内心息をつく。さあ次は、と待ち構えようとしたところで、ずっと顎をなでながら黙っていた左側の男が口を開いた。

「バーって、あれですか。バーテンですか」

オールバックになでつけた髪と、口と顎でおしゃれにデザインされた髭、高そうなスーツ。外資というイメージからすると大人しく見える右側の男性とは違い、いわゆる強者に見える。おそらく三十代半ばくらいで、明らかに先輩の相方に対しても遠慮がなさそうだった。

「あ、えっと」

いきなり全く違う質問が来たので急いで脳内から引っ張り出す。

「あ、アルバイトですか。いえ、ダイニングバーなので、おしゃれ居酒屋って感じです。作るのも簡単なカクテルくらいで」

「へえ。いいね、俺もまたアルバイト戻りたいなあ」

思ってもいないことを言っているか、はたまた学生は遊べていいなという意味なのかわからず、愛想良く笑うだけになった。真面目に見せることに特化した格好をしている自分と、ホームでオールバックを楽しんでいる自信ありげな人とでは、戦闘力が違いすぎる。外資ってイメージこうだよな、やっぱ場違い――と苦笑しかけると、また質問が続いた。

「まー、ある程度のこと、なんでもできちゃうタイプなのかなと拝見してたんですけどね。うちでやりたいことはあるんですか」

丁寧語のはずなのに、ずいぶん大股で近寄られたような感覚があった。先ほどまでとガラッと変わった空気に、ひょっとしてこういうのが圧迫面接ってやつなのか、と疑問が頭をよぎっていく。それでも、真っ直ぐ彼の方を見て答えた。

「はい。お客さんはそれぞれさまざまな課題を抱えていると思うので、その場その場で、現場に寄り添ったサービスができればと思っています」

口調だけはなんとかはっきりと保つが、少しぐらついたのを感じた。

彼は顎をひとなでするとため息まじりに唸り、

「うーん。なんか、すっごい器用に返してもらっちゃってるんだよね」

と大きな独り言をこぼすと、

「あなたは何を実現したいの」

と射るように聞いた。

面倒そうなのにストレートに放たれた視線から、瞬きで誤魔化しながら逃れる。

「実現、ですか」

「そう。会社を利用してやるくらいの気持ちでいいんだよ。自分がどんなふうに働きたいのかってことを教えて」

「そう、ですね……」

場を繋ぐために意味のない相槌を打ちながら、脳のシナプスが端から固まっていくような気がした。実現したいとか。これをやりたいとか。そういうことを言うのは、一番苦手だ。きっとこの人は、それがしっかりあって、狙いたいポジションとか、得たい年収とか、名誉とか、そういうことが動力なんだろうなと想像する。対して自分は、ちゃんと働きたいのも、誰かのためになりたいのも嘘ではないけれど――、堂々と人様にアピールするような主張はない。何度こねくり回しても。

「人に、感謝されるような仕事をしたいなとは、思います」

かろうじて紡いだ言葉が嘘なのか本当なのかよくわからなかった。

「ま、感謝されんのは気持ちいいからね」

「あ、……はい、そうですね」

気持ちいいのか。どうだっけ。と考えて、確かにバイト先でお客さんが満足そうに帰ってくれたら嬉しいもんな、と思い返して無理矢理納得した。気がついたら口の中が一気に乾いている。恐々と様子を窺うと、彼は首をひねりながら指で机を忙しなく叩いていた。

「じゃあ……そうね、こっちの方がいいかな。他の学生にこれは負けませんってことはある?」

こっちの方がいいかな、というつぶやきが、自分の応答が期待に沿わなかったことを指していた。珍しく心臓が嫌な鳴り方をする。

「負けない、ですか」

負けないこと。自分の強み。エントリーシートの項目にも頻出で、考えたはずなのに、いつも繕ったことを書いて埋めていた気がする。人を束ねる力なら負けません、とか、目標に向かって邁進する推進力には自信があります、とか、そんな正解を持っていたなら、と思うけど。

「……」

言葉に詰まっている数秒は無限のように感じた。

いつの間にか目線が足元まで落ちている。何か言わなきゃ、と喉を鳴らすと、視界の端で左の男が足を組んだ。

「あるでしょう。やりたいことも、負けないことも。それを主張するのが就活でしょ」

そう言って、顎髭をなでつけるようにして深く頬杖をつく。

別に、「本当はこうしたい」みたいなものがあるのに我慢しているわけじゃない。合コンの帰り道、偶然会った桃果に「それが一番省エネだから」と言ったことを思い出す。桃果は解せないみたいだが、心の底から本音だった。由依には「我慢しないでちゃんと言えよ」と言い続けてきたけれど、自分は、こうしたいとか、あれが欲しいとか、そんなものを持っていないだけだ。

そう思うと、つくづく就活ってやつとの相性が悪すぎて、心の内でやれやれとため息をついた。私はこんなに素晴らしいです、これをやってみせますという強い主張が必要な場が、こんなふうに逃れられない形で人生の関門として登場するなんて、嘘だろという思いだった。ハッタリでも、せめてスムーズに打ち返そうとしてきたつもりだったけれど、やっぱり限界があるのかもしれない。

時計を盗み見ると開始から二十分が経過していた。あと十分。それが長いのか短いのか、よくわからなかった。目の前の面接官は、無言でこちらを見ていた。視線ってこんなに肌に刺さるのか、と余計なことを考える。右からは様子見といった感じで、左からは哀れみのような。ふるいにかける必要があるって言ったって、正直、気分良くはなかった。多分、左の彼にとって、自分は自己主張のないつまらない人間で、すでに低く値踏みされているのだろうけど。じゃあこの人みたいになりたいかというと、それも違った。

違うんだよなあ、残念なことに、と思うと少し笑えてきた。君は今この瞬間落ちました、と教えてくれるわけではないのだから、何かを言わなければならないとして。ありません、が今言える全てかもしれない。だったらもう、本当のこと。

朔が息を深く吸おうと口を開きかけたとき、右側の面接官が、ゆったりとした言葉を紡いだ。

「じゃあ、ちょっと質問を変えて。相田さんが、最近必要とされたことはなんですか」

思わず顔を上げると目が合った。

「必要と、ですか」

「ええ」

とっさに頭を巡らせる。ゼミのグループ発表。それなりに役に立ったつもりではある。少なくとも、サボらずにはやった。いやでも、それは当たり前すぎる。それなら、バイトで太朗のミスをバレないうちにカバーしていること。は、必要とされてるっていうか、多分気づかれてない。でもそのくらいしかないのだから、それで行くしか。あるいは、他に何か。いや、他にって言っても、家と大学とバイト先を往復してるような毎日なのに――。

そのとき、桃果のベタベタな泣き顔がちらついた。いやいや、と反射で否定するが、もう一度ゼミとバイト先をめぐった思考はすぐに一周して戻ってきてしまった。あの雨の日のテーブルの光景が、ゲラが、由依の声が、母の苦笑が、あっという間に頭を埋め尽くしていく。

「――折衷《せっちゅう》を」

ぽろっと生まれた言葉だった。いきなり何を言っているのか、自分でもわからない。というか、面接にそぐうはずがなかった。やりたいことを全力で主張する場には、あまりにも。

「折衷。どんな場面でですか」

戸惑っていると、質問が重ねられる。右の男のその声音がちょうど良くて、高橋のことを思い出した。ますます脳内が侵食されていく。

「あ、いや、すみません」

珍しく焦っていた。目が泳ぐ。頭から追い払おうと急いで唇を動かした。

「なんでもないです、ほんと。ちょっと、変なことを思い出して」

「変なこと？」

一瞬言葉に詰まった。小さく呼吸し直して、背筋に力を入れて姿勢を正す。面接に相応しい笑顔を作ろうと口角を持ち上げた。

「失礼しました。――その、少しだけ、変な家庭で育ったんです。母がエッセイ作家をしていまして、小さい頃から育児を外に公開されていました。これで遊んでたとか、この教科が好きみたいだとか、運動会で悔しくて泣いたとか。家で起きたしょうもない喧嘩とか、褒められたことも怒られたことも全部です。そのせいで、」

ぴくりと震えた唇を悟られないように、言葉を続けてしまう。

「下にいる二人の妹は、母の作品にどう描かれるかを気にして生活するようになっていって。それで……高校生の上の妹が反抗期になったので、この夏は本当に大変で」

さらっと説明して聞き飛ばしてもらうつもりが、どんどんコントロールが効かなくなっていく。

頬の筋肉がいうことを聞かなくて、作った笑顔が保たれているのかすらわからなかった。膝の上に置いた手のひらにじわりと汗が滲んで、無意識のうちにスーツのパンツでぬぐう。そうじゃない。全くもって自分らしくない。主張することは苦手でも、こういうところでのＴＰＯを間違えるタイプではなかったはずだ。おかしいだろこんなの、いち家庭の事情を面接で話すなんてありえない、思考の半分ではちゃんとそう思っているのに、なぜか自分の言葉を止められなかった。

「家中がギクシャクして、その中で、自分はわざと遅く帰ってくる妹を心配して、それを注意できない母親を気にかけて、わがまま言えない下の妹の本音を聞いて、またそれをさりげなく伝えてって、毎日そんなんことばかりやっていて。家族で落ち着いて話せるように紅茶を淹れて、さりげなく話を振って、本当に、折衷としか言えないんです、俺の役割は。こういうところで堂々と話せるようなやりたいことなんて、本当に一つもないんです、でも、みんなが少しでも、いい思いをしてほしいみたいなことは、思っていて、他人の願いなら、叶えたいって思ってたりして、あの、何したい、どうしたいって聞かれてもろくなこと言えないですけど、」

あ、俺って言った、と思ったけれど、もう遅かった。おまけに、ここまで情けない話をしておいて、一人称だけ「私」なんて格好つけることはもうできそうにない。

「みんなが良くなるようにしててってオーダーなら、どうすればいいかわかる気がして。バイト先でもゼミでも、どこ行っても、俺はそういう役割です、後輩にもサバンナ高橋なんて言われて、褒めてんのかって感じなんですけど」

勢いで本当に余計なことまで口走っていた。それはいいから、と思いながら、でもまだ何か、喉の奥から脳を突くように迫るものがあって、濁流のようにやってきた言葉が冷静さを流し去っていった。

「ゼミのグループ発表で喋れなかった同級生が責められそうになったのを庇ったり、おちゃらけてるバイト仲間が割りそうなグラス、気づかれないうちにどかして歩いたり、店長に「あーシフト今日出すって言ってましたよ」って言っておいてこっそり連絡したり、みんなが面倒がるゴミ捨てとか行っとこうかなと思って手あげたり、俺は、もうずっとこっち側で、人のことばっか気になって、潤滑油とか折衷とか言われて、それがすっかり板についてて、えっと……、でもそれは、いい人って思われたいとか、気が利くって思われたいとか、そういうことじゃなくて、一番面倒じゃないからってだけで、言ってしまえば自分の得のためにやってるだけで。だからその、自分の主張なんて、もうずいぶん前からないんです。どうしても通したいわがままも、誰かにわからせたい訴えもなくて、だから、やりたいこととか、自分の強みとかを言わないといけない就活って場は、正直めちゃくちゃ居心地悪くて、始まったとき、なんの主張もないな、ダメだなって思ったけど、でも、――でも、就活じゃ歓迎されないかもしれなくても、俺は、自分のやってきた役割は、そんなに悪くないって思ってるって、最近気づいたんです」

苦しくなって一度ごくりと唾を飲み込んだ。

「それは――それは、なんでかっていうと、俺がそういうふうになったのは、やっぱり、あの家で生まれたからだってわかっちゃったからで、」

あ、泣く。そう思ってギリギリのところで涙を留めた。顔中が熱かった。何がこんなに自分を突き動かしているのかわからないまま、それでもブレーキが壊れた車のハンドルを必死で握った。

「あの変な家で育つうちに身についたものだったんです。母も妹たちも、単身赴任の父親ですら、俺になんとなく任せてて、多分なんとかしてくれるって思っていて、好き勝手主張して、空気悪くすることもやって、でも、俺はそんなとき、少しでもそれを宥めたりとか、むしろ好きなこと言えるようにしてやろうとか、ついつい裏で動いてて、それで、嬉しそうにしてる妹とか、ホッとしてる母親とか見ると、やっぱりよかったなって思って、エッセイに描かれるなんて面倒だなとか気恥ずかしいって思ってた時期もあったと思うんですけど、……その、楽しそうに描いてる母親、を、どこかで尊敬していたりして、」

そうだったのか？　と脳内でもう一人の自分が聞いてきた。まぶたの裏に母が描いた大学生の自分がいた。似てる、と思ってしまった。どうでもよさそうにした表情とか、カップに絡めた指の形とか。どうしたって自分はこの家の子で、この中で見つけた役割が、自分を生かしているのだと、あのときわかってしまった。

「なんだかんだ文句言いながら新作楽しみにしてる妹たちがいて、急いでページめくってるの見て、やっぱりよかったなって、おも、って、」

震える拳を精一杯握りしめてどうにか抑える。涙こそ押し留めても、吸う息は鼻水混じりになっていた。リビングで見た母親の横顔を思い出す。朔って全然、心配にならなかったから。あのたった一言で少し前向きになってしまったなんて、甘ったれているみたいで恥ずかしくて言えないけれど。でも。

「俺は、自分の叶えたいことはわからないけど、この瞬間が好きで、そういう自分が嫌いじゃないんだって」

そこで急にスイッチが切れたかのように、頭がスッと真っ白になった。頭のてっぺんから蒸気が出ているような気がした。何気なく時計を見ると、三十五分になっていた。五分もオーバーして喋り続けていたのかと一気に羞恥が襲ってくる。

「あ、の、すみません。その」

指を不恰好に宙に浮かべたまま、それしか言えなかった。

右の面接官は少し意味深に笑うと、

「なかなか面白いご家庭ですね。では、そろそろ時間ですが。大久保くん、他に何かありますか」

と左の面接官を見た。暴走したことを鼻で笑われるのではと絶望しかけたとき、彼は気だるそうに手首を振り、腕時計をかちゃりと鳴らして言った。

「それでいいから主張しろよ。誰の間でも取り持ってみせますって言え」

「――え」

声にならない驚きと同時に、「では、終了です。後ろの扉からお帰りください」という号令が降ってきた。慌てて鞄を掴み、そそくさと会議室を後にする。心臓がバクバクと大きく鳴っていた。それでいいから主張しろ。その言葉が何度も脳内に響いてわんわんとこだまする。どこをどう通ったか、気づいたらビルの外に出ていた。地下通路を通り、そのまま地下鉄のホームに行く。電車が来るまで少し時間があった。

絶対落ちたな。

まだおさまらない動悸を持て余してベンチにふらりと座る。なぜか今頃、ぶわっと熱い涙が溢れてきた。人生で一番恥ずかしい時間だったかもしれない。けれど、止まらなかった言葉は、思い返せば、自分の誇りだった気がした。小さな誇りを持っていたということがどこかで嬉しくて、朔は涙を手の甲でぬぐった。

第六話　その後

開店前のバーカウンターでグラスを拭きながら、朔は隣にいる太朗に話しかけた。

「それで？」

なんと先日の合コンで一緒だった女の子と志望企業でもばったり会い、二人で飲みに行くようになったというのだ。

「なめてくれるなよ、朔くん」

太朗よりモテると思う、と言ったことを根に持っているらしい。

「なめてはないって。それで、付き合うの？」

「焦りは禁物だよ」

もったいぶって言う。

「それってまだ確証が持てないから言ってないだけじゃ」

疑問をそのまま口に出すと、

「ノー！」

と太朗は大きな声を出した。びいん、とグラスが揺れる。

「言いますから近いうち。ビシッと！　告白！」

「まあいいけど、就活しろよ」

なんだか心配になってくる。

「してるしてる。内定も恋愛もまとめていただくぜ」

「その軽さは女子ウケ悪そうだけどな……」

聞こえる程度に小さく呟くと、太朗はしっかりキャッチしてつっこんできた。

「お前こそ、なんかそこそこがいいとか言って悩んでなかった？　就活しろよ？」

「あー、うん」

朔は思わず遠くを見つめる。最近あったことを反芻した。とっさに適した言葉が選べず、言い淀んで苦笑する。その様子を見た太朗が、朔が自信がないのだと勘違いして、にやにやしながらアドバイスモードに入ろうとしたので、なるべくなんでもないことのように告げた。

「いやそれがさ。なんか内定もらっちゃって」

「は？」

ぱりーん、と派手な音がしてグラスが一つ割れた。

「あーあー」

朔は滑らかな動きでちりとりと箒を取りに行き、ガラスの破片を回収した。太朗は固まったままわなわなと手を震わせている。

「お前、内定って……まだ年越してないんだぞ⁉」

「うん、とにかく場慣れしないとと思って受けてみた外資で」

「外資ぃ⁉」

胸ぐらを掴まれてゆらゆらと揺らされる。されるがままになりながら、二つ目は割るまいと周りに気を張っていた。揺することに飽きたのか、朔をぽいっと放り出すと、太朗は顔を手で覆って嘘泣きし始めた。

「このー、裏切り者お」

「いや……むしろ後腐れないように今言ったんだよ」

「わかってるよお」

「俺ももう少し続けるから、頑張ろ」

「ううう」

仲が良くてもデリケートな話題だ。言い方を間違えたかと朔が不安になっていると、がばりと顔を上げ、思いっきり指をさしてきた。

「だが！　先に彼女を作るのは俺だ」

テンションの変化の急勾配っぷりに驚きながら、朔は「あー」と視線を泳がせた。

「ま、まさか」

「まだ、まだだから」

「まだって⁉」

太朗の声が悲鳴のようになる。

「なんかどうやら、好いてもらってるみたいで」

白状すると、目を極限まで細くして睨まれた。

「好いてもらってるぅ？　お前はどうなんだよ、まさか言われたからなんとなくーなんて思っていないだろうな」

先ほどまで自分も調子のいいことを言っていたくせにすぐにこれだ。

「まあ、仲はいいから」

「なんだよそれどこの誰だよ！」

お前も知り合いだけど、とは面倒なので言わないことにした。そのうち気づくだろう。

そう思っていると、その日のバイトが終わって太朗と一緒に店を出たところに、華が立っていた。

朔を見つけるとぱっと顔を輝かせ、

「先輩！」

と駆け寄ってくる。

「お前……深夜にそんなところに立ってると危ないって」

今にも抱きつかんばかりの華と仰け反る朔を交互に見て、太朗は魂が抜けた声を出した。

「嘘だろ。嘘だと言ってくれ！」

華が「相変わらず芝居がかってますね」と容赦のない言葉を浴びせる。朔は二人を押し出すようにして駅に向かった。終電が迫っていた。

＊

その日、電車を降りて、一人暮らしの華の家に向かいながら、朔はここ最近の家族の話をしていた。電車が終わり、静かになった街に、たまにタクシーが通過していく。

華は聞きながら意外そうに、

「男の人ってあんまり家族の話とかしないと思ってました」

と笑った。朔は頭を掻きながら、

「あー、まあね。もうすぐバレることになるから、これは予防線」

と正直に言った。

「予防線？　なんかあるんですか？」

「まだ内緒」

もうすぐ発売の本のことは伏せる。華は素直に「わかりました」と受け入れると、楽しそうに手を叩いた。

「でもそれ、先輩の得意分野ですね。根回しとか。調整とか」

「いや、家の人間関係が危うすぎて、いつの間にかそういう癖がついたんだよ。無我夢中だよ」

ため息をつくと、華はなぜか嬉しそうにした。柔らかそうな前髪の奥の瞳が優しく細まる。

「やっぱり、それが向いてるんですよ」

そう言われるとなんだか嬉しくなってくる。肯定されるとなんでもうまくいく気がした。それをうまく伝えられずに、照れ隠しで、

「お前生意気だぞ」

とわざと言った。

内定した外資系のコンサル企業のことを思い出す。特に狙ったわけではなく拾ってもらえるのはかなりラッキーだった。もしかしたら自分は、そうやって呼んでもらえるところで精一杯やるのがいいのかもしれない。給料も悪くないし、そのほかの待遇もありがたいものだった。そういうところに勤めていれば、目の前の女の子のことも守れるのかな、と思うのは、自分も意外とロマンチストなのだろうか。

「外資ってどう思う?」

横の華に聞いてみる。華はくすくすと笑った。

「その響きは全然似合わないです」

だよねー、と伸びをする。苦笑する朔に、華は「でも」と続けた。

「こういううっすら器用な人が必要なんじゃないですか?　ギラギラした人たちの中で」

「げっ、なんかそれ、苦労が多そう」

「そりゃあ、いい給料に比例するでしょう」

もし行ったら奢ってくださいね、と華は機嫌よく言った。はいはい、と了承する。

住宅街の中に現れたコンビニに寄ることにする。暗い道路に漏れ出す煌々《きらきら》とした明かりを眩しく思いながら言った。

「まあ、いろんな企業を見られる機会もなかなかないから、満足するまでやってみるよ」

出てきた自分の言葉が思ったよりも前向きで、朔はひっそりと驚いていた。

＊

勇人と訪れた学校近くの書店で、桃果はひとり緊張していた。

「あ、俺ちょっと漫画も見ていい？」

「え？」

上の空になって、つい聞き返してしまう。

「漫画見たいなって」

「あ、うん、もちろん、行こ」

言いつつ、その順路の途中にエッセイコーナーがあることをにらみ、桃果は慌てて勇人の腕を引き寄せた。

「こっちから行こ」

「え、こっちの方が近いよ」

不思議そうにする勇人に、

「あ、いやなんか、実用書とかも興味あるかな～って」

ととっさに言うが、自分でもわかるほど不自然だった。

勇人は頭の上にクエスチョンマークを浮かべ、

「そう?」

と通り道を変えてくれた。ほっと胸をなでおろす。が、それも束の間で、勇人はすぐに踵を返した。

「あ、まだ今日発売じゃなかったわ」

急な方向転換についていけない桃果を置いてきぼりにして、するりとした身のこなしで勇人はエッセイコーナーに向かおうとする。

「あっ、待って、だめ!」

書店に響かせてはならない声量で叫び、桃果は勇人と書棚の間に滑り込んだ。

「うおお」

俊敏な動きに驚いた勇人が避けるが、桃果が転びそうになると慌てて支えてくれる。

「危ないって」

周りの人もちらほらとこちらを見ている。勇人はぺこりと何回か頭を下げると、桃果を見つめた。

今、絶対顔は真っ赤だし、涙目になっている。

「……知ってたの？」

桃果を立たせると、勇人は両手を降参のようにあげ、

「ごめん聞いちゃった」

と言った。桃果は書棚に背を向けてガードするようにしながら、そこにある本を見られまいとする。

「お母さん、エッセイ作家さんだったなんてびっくりしたよ。それ、桃果も出てるんでしょ？　見たい」

「だ、め」

恥ずかしくて泣きそうだ。

「そう？」

勇人は肩をすくめた。

「でも、おうちにお邪魔するのに読みましたって方が良くない？」

それが意外な言葉で、少し頭が冷える。そう言われると、それももっともかもしれない。きっと洋子は勇人を気に入ってくれるだろう。桃果はぎこちなく臨戦態勢を崩した。その隙を見て、勇人がひょいと平積みされていた本を手に取る。

「今阻止しても、後で俺一人でも本屋行けるんだしさ。買って帰ろ」

「か、買うなんて、いいよ、私の貸すよ」

ぶんぶんと首を振ると、勇人は、

「いいよ、欲しいから」

と言った。

「ドラマも録画するから」

ぴき、と桃果の顔がこわばる。

「や、やめよう？　それは。て言うか、どこから」

「いや、学校で聞いたし、この本の帯にも書いてあるし」

……そうだった。

「隠せないでしょ。どーんと構えていれば大丈夫だよ」

「ドラマ、私六歳だよ」

「それは殺人的だな」

桃果はまさか、と疑いの目を向ける。

「え……幼女趣味？」

「いやいや、こうしててそんなわけないでしょ。あー、でも」

「でも？」

勇人がへにゃりと気まずそうに笑った。

「見ちゃうと、ちょっと罪悪感はあるかもな」

桃果の顔が赤くなる。

「見ないでってば！」

「しっ、静かに、今日の桃果うるさいよ」

いたずらっぽく言われ、桃果はぐうと押し黙った。勇人がレジに向かう。その背中を見つめながら、本の中身を回想して絶望的な思いになり、店を出てすぐのエスカレーターで勇人の後ろにぴったりとついて話しかけた。

「勇人、あのね」

「桃果？」

勇人が後ろを覗こうとするが、桃果は顔を見られまいと背中に隠れるように動く。一人分の列しかないエスカレーターなのもあり、諦めて勇人は前を向いた。

「あの、本の中に、その、娘に彼氏が……みたいなところが、ありまして」

「えっ、そうなの？」

「あっでも誰だとかどんな人とかはないから」

ぱっと体を離し、慌てて弁解する。

「でも……ごめんね」

上りきってから振り向いた勇人は目を丸くしたまま感嘆し、

「すごいな、作家の子どもって苦労するね」

と笑った。

「でしょ？」

つい食い気味になる。

「なんでもかんでもネタになるんだよ、異常だってば」

「なるほどなあ、桃果がお母さんにこだわってた意味がわかったよ」

「だって、超超、ストレスなんだよ」

勇人は、憤慨している桃果をちらりと見ると、買ったばかりの本をパラパラとめくった。

「わー、桃果だ。あ、お兄さんもいる。似てるね、なんて当たり前か」

「まあ、絵だけは上手いかもね」

くすぐったい気持ちを隠せずにいると、勇人はくすくすと笑った。

「桃果、嬉しそうだけど」

「そ、そんなことないよ。迷惑」

「あ、ほら、何にも言わなくても成績が良くてって書いてある」

勇人がぽんと頭に手を置いてくれる。きっとお見通しなのだろう。

「これは、成績維持しなきゃだね」

「……グレようかな」

「いやあ、無理だな」

「できるもん」

そう言う自分がまた子どもっぽい挙動なのに気づき、桃果はごほんと咳払いをした。

*

「あー楽しかったあ」

撮影を見に行ったらいろんな人がかわいがってくれて、由依はものすごく満足していた。おまけに、サク役の男の子と少し仲良くなってしまった。まさか芸能人と話す日が来るとは思っていなかったので、ものすごくラッキーだ。

そう遊び気分でいたら、予想もしなかった提案が高橋から伝えられた。撮影の合間に話す子役と由依を見て、ドラマ化記念対談をしてもらえないかという打診が来たのだ。驚く洋子をよそに、由依はやりますと即答した。ドラマ放映日付近のネットニュースになるらしい。

「やっぱ由依くらいの世代だと抵抗が少ないんだなあ」

夕飯後に何気なく話すと、朔は感心していた。桃果はげっそりとした顔で、

「あんたよく表に出たりできるね……」

と呟いた。

由依は家族には言っていない秘密を思い浮かべ、内心でペロリと舌を出した。実は、新刊のＰＲ

動画をネットにアップしたのだ。英語の字幕もつけて。そんなことを聞いたら卒倒されそうなので話さないでおくが、対談が流れたらその動画も見つかってしまうかもしれない。

「中学で無駄に目立たない？」

朔が心配してくるが、由依は全然不安に思っていなかった。

「自分でやりたいことだから大丈夫だよ」

「いやー、お前は大丈夫でも、母さんは心配してると思うけど」

朔の指摘はもっともだった。どうやら「ピアノやめたい宣言」の日以来、母は由依の新しいキャラクターを掴めずにいるらしい。それが面白く、由依はいろんな発言を試していた。

桃果が、

「由依、あんまりお母さんをからかわない方がいいよ」

と言ってくる。

「あれ、珍しいねお母さんの味方なんて」

口を尖らせて言うと、桃果が怒り出す。朔がぼそりと「キャットファイト……」と呟いて静かにその場を後にした。

＊

いつもの喫茶店で、洋子は高橋と向き合っていた。

「おつかれさまでした」

「おつかれさまでした」

「まあ、まだ色々と続きますけどね」

新刊刊行の作業は終わったものの、ドラマの放映中は宣伝やら監修やらとなんだかんだ仕事が続く予定だった。

「そちらは……はい、すみませんがご協力いただけると」

「もちろんです」

洋子は恐る恐る尋ねた。

「新刊は……評判とか、どうでしょう」

高橋は顔色を変えなかった。

「まだ発売して二日ですからね、多くの読者の声が拾えてるわけじゃないですけど、あ、同時期にデビューした本橋カナ先生は絶賛でしたよ。新境地って」

「わ、それは良かったです」

「それから、ネットで検索した感想だと、直近の苦労やリアルなところだけじゃなくて、合間合間に小さい頃との比較四コマが入ってたのが良かったってありました」

にやり、としてくる。

「高橋さんの提案の部分じゃないですか。良かった、ありがとうございます」

冗談めかして洋子は感謝した。高橋は「どうもどうも」と満更でもない風にぺこりと頭を下げると、真顔に戻った。

「まあ、真面目な話、僕は最初の読者じゃないですか。いきなり成長していて、悩みも打ち明けるような内容だと、読者の方はびっくりしちゃうかなあっていうのがあったので、ちょっとコメディパートというか、閑話休題、息抜きのところを作りたかったんですよ。うまくはまったみたいでホッとしました」

「そこは、描いてても楽しかったんです。その……小さい頃の方がってことじゃなくて」

ちらりと高橋を窺うと、わかってますよ、というように頷いた。

「改めて比較しようとすると、変わったことも変わらないことも見えてきて」

虫に驚く朔に、小さい頃はあんなに好きだったのに……と思ったこと。桃果の好きなタイプが小さい頃と全然変わっていなかったこと。描こうとすることでやっと、作品の中と今の彼らが結びついていった。

「そうだ、それから今度の『王様のブランチ』で特集してもらえるみたいで、取材が来ていて、あいださんに答えてもらいたいアンケートがありまして」

鞄から数枚にわたる質問項目を取り出す。

受け取ってプリントに目を通す洋子を見ながら、高橋がふと尋ねた。

「あいださんは……どうですか。後悔したりはしてないですか」

洋子は顔を上げず、落ち着いた声音で語った。

「怖さは……あります。これまでは、苦しいことや悩んだことよりも、楽しく明るい話を描いてきましたから。読者の皆さんに、ほっこりしたかったのにこんなつもりじゃなかった！　って思われたら、って。でも」

顔を上げてまっすぐに担当編集を見つめた。

「ようやく、子どもたちに触れた気がしました。手元まで来てくれた、って。いや……わたしが追いついたんですね、どちらかといえば。子どもたちが気づかせてくれて、描こうと思って見るようになったら、〝昔はかわいかった〟じゃないって気づいたんです。面白いんですよ、むしろ前よりも」

「その面白いって気持ちが、素直に出てましたよ。あいださんはやっぱり天然なんですね」

高橋は珈琲を口に運び、こくりと飲み込んだ。

「そのリアルなところが魅力だなって改めて思いました。悩みもすれ違いも、側で見ているような気持ちにさせられて。それでですね、僕から提案なんですが」

「はい」

「次は、旦那さんと改めてデートに行ってみる、夫婦再建の物語はいかがでしょうか」

新刊を無事に出したばかりで解放感に溢れていた洋子は硬直した。高橋はそんな洋子の様子に気がつかないふりをして、

「新しく見えたあいだをさんの魅力をここで放置するようですと、編集失格かと思いまして」

と嘯《うそぶ》く。洋子は先日原稿を見てもらったときの様子を思い出し、頭を抱えた。嫌いになってもなられてもいないが、随分とドライになったままの夫の顔を思い浮かべ、「デート」という単語との相性の悪さを思う。ぎこちなさ満載の始まりは必至だ。いくらなんでも恥ずかしすぎる。だいたい、デートなんて何年もしていない。一体、何をすればいいのか。

「今回の新刊で、いきなり別居が描かれていて、皆さんそこは気になるところだと思うんですよね。ニーズとしても、子どもたちが大きくなって来て、旦那さんと二人でお出かけか旅行っていうのは参考になりますし。スポットは調査しておきますから」

「いや、あの」

「あいださん、いまもう中身について考えてましたよね？」

そう言われてギクリとする。

さすがです、と高橋はニコニコした。洋子は長いため息をつき、天を仰いだ。

喫茶店の天井でくるくると回るプロペラが、他人事のように洋子を見下ろしていた。

森 春子

平成元年生まれ、東京都出身。慶應SFC卒。
本作『四度目のうぶごえ』で第1回ステキブンゲイ大賞優秀賞を受賞。
オードリー、チャットモンチー、鳩サブレ、海獣が特に好き。

四度目のうぶごえ

2023年2月17日　初版第1刷発行

著　　者　森 春子

発 行 人　中村 航

発 行 所　ステキブックス
https://sutekibooks.com/

発 売 元　星雲社（共同出版社・流通責任出版社）
住所：〒112-0005 東京都文京区水道1-3-30
電話：03-3868-3275

印刷・製本　シナノ印刷

ISBN978-4-434-31563-3
C0093

本書は、小説投稿サイト「ステキブンゲイ」に掲載されたものに加筆し、訂正を加えたものです。
https://sutekibungei.com/